講談社文庫

戦端

武商繚乱記（一）

上田秀人

講談社

目次――戦端　武商繚乱記（一）

元禄期ころの大坂

地図作成／アトリエ・

〔第一巻『戦端』——おもな登場人物〕

山中小鹿《やまなかころく》　大坂東町奉行所普請方同心。
和田山内記介《わだやまないきのすけ》　東町奉行所筆頭与力。実力者。
伊那《いな》　和田山の娘。小鹿の妻となったが不義をはたらく。
阿藤左門《あとうさもん》　東町奉行所与力。和田山の隣家。
伊三次《いさじ》　阿藤家の三男。幼馴染《おさななじ》みの伊那に近づき、追放される。
竹田右真《たけだうま》　小鹿の同僚。
堺屋太兵衛《さかいやたへえ》　大坂の商人。
大石内蔵助《おおいしくらのすけ》　赤穂《あこう》藩城代家老。堺屋と旧知。
松平玄蕃頭忠固《まつだいらげんばのかみただかた》　大坂東町奉行。
土岐伊予守《ときいよのかみ》　大坂城代《じょうだい》。赴任直後に淀川《よどがわ》氾濫があった。
淀屋重當《よどやじゅうとう》　大坂の豪商淀屋の四代目当主。
淀屋三郎兵衛辰五郎《さぶろうべえたつごろう》　淀屋の跡取り。放蕩《ほうとう》を重ねる。
牧田仁利右衛門《まきたじんりえもん》　淀屋の大番頭。
佐渡屋忠兵衛《さどやちゅうべえ》　大坂の遊郭新町《しんまち》の支配。
中山出雲守時春《なかやまいずものかみときはる》　幕府の目付だったが、大坂東町奉行の増《ま》し役《やく》に任ぜられる。
土屋相模守政直《つちやさがみのかみまさなお》　老中首座。淀屋に目を付ける。

戦端

武商繚乱記（一）

第一章　嫌われ同心

一

大坂東町奉行所《おおさかひがしまちぶぎようしよ》は大坂城京橋口《きようばしぐち》を出たところにあった。

「閉門」

暮《く》れ六《む》つ（午後六時ごろ）に、与力《よりき》の声で東町奉行所の大門は閉じられる。とはいえ、職務が大坂の治安にかかわることである。大門は閉まっていても、その脇にある潜《くぐ》り門は昼夜を問わず通行できるようになっている。

「お先でござる」

潜り門を出るとき、番人たちに一声かけて、大坂東町奉行所普請方同心《ふしんかたどうしん》山中小鹿《やまなかころく》は、町奉行所を出た。

「……さてと、帰るにはちぃと寂しいな」

少し奉行所から離れたところで、小鹿が足を止めた。

大坂の東町、西町《にしまち》奉行所の与力、同心は大坂城の北西、天満《てんま》に役屋敷が与えられていた。

二百坪から三百坪の屋敷が建ち並ぶのが与力町、百五十坪から百八十坪の役屋敷が集まる同心町に分かれているが、辻《つじ》を挟んでいるだけで一つの町である。

京橋と天満は近く、およそ十四町（約一・五キロメートル）ほどしか離れていない。のんびり歩いても小半刻《こはんとき》（約三十分）もかからない。

「帰ったところで、誰も待ってないし」

小鹿が嘆息《たんそく》した。

「よう、鹿之助《しかのすけ》。そんなところでどうした」

後ろから来た同じ東町奉行所同心の竹田右真《たけだうま》が、小鹿の背中を叩いた。

「その呼び名は止《や》めえ」

小鹿が嫌そうな顔をした。

「吾《われ》に艱難辛苦《かんなんしんく》を与えたまえ」

竹田右真が笑いながら言った。

「勘弁してくれ」

大きく小鹿がため息を吐《つ》いた。

小鹿の名前は父が戦国の武将山中鹿之助にあやかって、どのような困難に当たってもくじけることのないようにと付けたものであった。

しかし、現実そうなってみると、付けられたほうとしてはたまったものではなかった。

なにせ不運が続けて訪れたからだ。

「すまん、すまん」

笑いを消すことなく、竹田右真が口だけで詫《わ》びた。

「さっさと帰り」

小鹿が竹田右真に向かって犬を追うように手を振った。

「まだ、お怒りは解けへんか」

竹田右真が笑いを消した。

「知らん。会《お》うてもないし」

嫌そうな顔で小鹿が答えた。

「不運じゃの。直属の上司に嫌われるとは」

「…………」

憐《あわ》れむような竹田右真に、小鹿が黙った。

「女房の浮気、辛抱《しんぼう》できんかったのはわかるが、上役の娘やねんぞ、もっとやりようはあったはずや」

「放っておいてくれ。おぬしにはかかわりないやろ」

要らぬお世話だと小鹿が拒絶した。

「内済《ないさい》にすれば貸しにできたやろに。泣き叫ぶ女房の髷《まげ》を摑《つか》んで、筆頭与力さまのお屋敷まで引きずっていくなんぞ、やりすぎやで」

「重ねて四つに斬り殺すよりましやろ」

小鹿が言い返した。

間男《まおとこ》は姦婦《かんぷ》と繋《つな》がったままで重ね胴に真っ二つ、それぞれが上半身、下半身に分割、それが二人分で合計四つになるように斬っても無罪だとなっている。

実際は人殺しに過ぎないのだが、妻の実家が隠蔽《いんぺい》に動く。

「某《なにがし》殿の娘は、密通をいたしたそうだ」

武家にとってこれほどの恥はまずない。

「ご覧あれ」

娘と間男が繋がったまま斬り殺されているのを見せられた当主は平謝りに謝って、病療養《やまい》のため実家に戻ったという体《てい》で娘の遺体を人知れず引き取り、適当な期間を見て病死したとして世間体をごまかす。間男も身元が知れていれば、そちらの家も死体をもらい受けて、やはり病死としてすませてしまう。

もちろん、これですむわけではなく、両家から相応の詫び料が支払われる。

重ねて置いて四つにするのはさすがにやりすぎである。いくら隠しても、こういったものは漏れる。血で染まった畳の入れ替えや、離縁もしていないのに妻の骨が婚家ではなく、実家の墓に入っているなどが知られると、どちらの家も世間から距離を取られていくことになる。

通常は、実家へ話をして「家風に合わず」などの理由で妻を帰し、納得ずくで離縁する。武家の離縁は、家と家のものとされているため、互いの立場の変化や、子供ができにくいなどのささいなことでかなり多い。間男されての、間男をしての離縁であっても目立たないし、噂《うわさ》になっても大声で言い広めれば、婚家と実家の両家を敵に回すとわかっているのだ。さほどのときはかからずに噂も消えてしまう。

「わからんでもないけどなあ」

竹田右真が嘆息した。

「和田山《わだやま》さまも、ちいと大人げないわ」

声を潜めて竹田右真が口にした。

「知ってたんやろ、娘のこと」

「…………」

ささやかれた小鹿が目をそらした。

「ほなの」

小鹿が足早にその場を離れた。

「右真、山中をからかいな」

少し離れたところで見ていた同僚の大坂東町奉行所同心が、竹田右真に苦言を呈した。

「気に入らんねん」

人の良さそうな表情を竹田右真が一変させた。

「傷物《きずもん》とわかっていて、筆頭与力和田山さまの娘を嫁にもろうた。まあ、新品やったら、筆頭与力さまの娘が同心のもとへ嫁《とつ》ぐことなんぞないけど」

竹田右真が去っていく小鹿の背中をにらみつけながら続けた。

「そのお陰で家督を継いで見習の肩書きが取れていきなり、唐物方《からものかた》や。知ってるやろう、唐物方は阿蘭陀《オランダ》や清《しん》から入ってきた唐物に異変がないかどうかを調べるのが役目や。これはと目を付けられると半年や一年、ものを留める権を持つ。何百両と出した唐物を一年も寝かされたら、唐物問屋はたまらんわな」

「たしかに実入りはええな。唐物方は」

同僚の同心も認めた。

「唐物方は与力はんでも同心でも何十年も他の役目を経験した隠居役《いんきよやく》や。隠居した後の生活の金を貯《た》める場所。そこへ二十歳《はたち》過ぎの若造がいきなりや。皆、不満たらたらやったろうが」

「…………」

「それでも嫌がらせもなんもせえへんかったんは、あいつが筆頭与力さまの娘婿《むすめむこ》になったからや」

「押しつけられたというのが正しいやろ」

同僚が首を横に振った。

「筆頭与力さまが、たかが見習同心のことを知ってはる。それだけあいつが優秀やったのは認めるで。でもな、あいつもわかっていて娘を引き受けたんや、今さら怒るのは筋《すじ》が違えへんか」

「婚姻をなしてからも、かかわり続けるとは思わへんかったんやろ。いくらなんでもそれはあかん。誰の子かわからんなるさかいな」

同僚が顔をしかめた。

武家は血筋を大事にする。先祖が得た禄《ろく》を受け継げるのは、その直系の子孫だからである。なかには血筋が絶えて、養子が受け継いでいる家もある。だが、それも承知したうえであって、吾《わ》が子だと思っていたら間男の胤《たね》だったとなると許せない。

「……そうやな」

竹田右真が少し弱く首を縦に振った。

「だからこそ、あんなまねをしても山中は、同心のままでいられるのだ。和田山さまも悪いと思ってはる証拠や」

「形だけとはいえ、一年抱えやからなあ」

同僚の言葉に、竹田右真が苦い顔をした。

大坂町奉行所の同心は十石三人扶持《ぶち》を与えられているが譜代《ふだい》ではなく、一年ごとに同心支配方与力から越年を認められなければ翌年は浪人《ろうにん》に落ちるという不安定な身分であった。

もっとも町奉行所という治安、行政、司法、囚獄という複雑な役目を担っている役所には、独特な慣習、決まりごとがあるため、新しい者を入れても数年は使いものにならない。
一応、町奉行所には三十人の与力、五十人の同心が配されている。
江戸町奉行所の与力二十五人、同心六十人に比べると、与力が多く、同心は少な
い。
与力が多いということは、大坂町奉行所の管轄《かんかつ》が大坂だけでなく、堺《さかい》、西宮《にしのみや》などの
近隣にも及ぶためである。それでいて同心は十人も少ないのだ。
たしかに人口でいけば、大坂は江戸の半分ほどしかいないので十分に見えるが、与
力が多いだけ、一人の同心がいくつかの役目を兼任しなければならない。
つまり同心に求められる能力、経験が多い。
今でも人手不足であるのに、そこに素人《しろうと》を放りこむなど論外であった。そのため、
同心は一年抱えの形を取りながらもそのじつは譜代同様に役目を受け継いできた。
「越年申しつけるものなり」
とはいえ、一年抱えという建前《たてまえ》は生きている。
毎年大晦日《おおみそか》、町奉行所の大門が閉まるのを合図に、同心たちは支配方与力のもとを
訪れ、来年を保証してもらわなければならなかった。

そして同心支配方与力こそ、筆頭与力和田山内記之介《ないきのすけ》であった。

「出世の街道を進んでいたはずが、今では普請方やさかいな。十分、痛い目に遭《お》うてる。追い打ちは、あんまり褒《ほ》められたまねやないで」

普請方とは、町奉行所、町奉行役宅、与力、同心の屋敷、町人の訴訟を取り次ぐ公《く》事人溜《じにんだまり》などの普請、修繕を担当する。火事でもなければ、新築普請はないし、修繕もそうはない。はっきりいって、忙しい大坂町奉行所でもっとも暇な役目であった。

「ついな。颯爽《さっそう》と肩で風切っていたのが、背を丸めてる。なんか、無性《むしょう》に苛立《いらだ》つねん」

同僚に諭された竹田右真が肩をすくめた。

「露骨なまねは止《や》めや。みんな和田山さまに遠慮してるから、なんも言わへんけどな。おまはんのやってること、あんまりええ気では見てへんぞ。与力さまのなかには、筆頭の座を狙ってはるお方は多い。今のおまはんは、和田山さまに追従《ついしょう》しているようにしか見えへん。そのあたりのお方からしたら」

「一蓮托生《いちれんたくしょう》やと」

「越年でけへんのは、山中やないかも知れんで」

顔色を変えた竹田右真を、同僚が脅《おど》した。

「上役とはつかず、離れず。これが長生きのこつや」

同僚が言い残して、同心町の方へ曲がっていった。

「疫病神《やくびょうがみ》になるか。小鹿が……」

もう見えなくなった小鹿の背に、竹田右真が独りごちた。

二

同心町の屋敷へ帰る気がなくなった小鹿は、その足で新町《しんまち》へと向かった。

新町は江戸の吉原《よしわら》よりも早い元和《げんな》二年（一六一六）に、大坂伏見《ふしみ》町の浪人木村又次《きむらまたじ》郎《ろう》が遊郭の設置を嘆願、豊臣《とよとみ》家を滅ぼした戦《いくさ》で焼け野原となった大坂の再建のために諸国から人足を集めていた幕府が、その価値を認め公許《こうきょ》を与えた。

ようは、男が集まって喧嘩《けんか》騒動を起こすのを防ぐのに、女の柔肌が役立つと考えたからであった。

公許を得た木村又次郎は、大坂だけでなく、京や西宮の遊女屋にも声をかけ、遊郭を形成した。大坂城の西側にあったことで、単純に西《にし》の遊郭とも呼ばれていた。

当初、悪所が城に向いて門口を設けるなど不遜《ふそん》であるとして、西側にしか出入り口はなかったが、あまりに不便であるという船場《せんば》の旦那《だんな》衆《しゅ》、大坂詰めの役人たちの不満を受け、東側にも門が作られた。

「……妙やな」

東大門を潜った小鹿が、新町の雰囲気に怪訝《けげん》な顔をした。

「しばらくぶりやからか……」

嫁をもらえば、遊郭からは足が遠のく。ましてや上司の娘を妻としておきながら、新町へ行っているなど、外聞が悪いだけでなく、下手すれば呼び出されて舅《しゅうと》から叱《しか》られる。

小鹿はここ三年ほど、新町へ足を運んでいなかった。

「袖《そで》引《ひ》きがおらん」

小鹿が周囲を見回して、気付いた。

袖引きとは、その名の通り、新町に来た客の袖を引いて、己の見世《みせ》へ連れこむ客引きのことである。

普段なら、うるさいくらいまとわりついてくる袖引きの姿が、まったくない。

「新町が休みということはない」

遊郭は正月だろうが、盆だろうがやっている。

「……すまん」

向こうから来た商人らしい客を小鹿が呼び止めた。

「これは、旦那」

同心は紋付きを身につけているが、袴《はかま》を穿《は》いていない。一目で町奉行所の同心とわかる。

「なにかあったんか」

小鹿が目をあちこちの見世に飛ばしながら、問うた。

「淀屋《よどや》はんですわ」

「……辰五郎《たつごろう》か」

「さようで。淀屋はんが、新町総揚げをしてはりますねん」

商人が憧《あこが》れとも嫉妬《しっと》とも取れる表情をした。

総揚げとは一つの遊郭すべての見世を一日買い切ることを言う。

新町の遊郭は太夫《たゆう》以下、天神《てんじん》、囲《かこい》、端《はした》と分けられており、太夫で揚げ代が一夜銀六十九匁《もんめ》、天神が四十五匁から三十三匁、囲が二十四匁、端三匁から一匁となってい
る。じつに太夫は一晩で小判一枚以上かかった。しかも、これは太夫を呼ぶだけの代金であり、揚げ屋の座敷料、飲食の費用、太夫に付いてくる遊女見習の禿《かむろ》、傘持ち、

草履《ぞうり》取りなどの男衆への心付けなどが要る。それこそ太夫を一人呼べば、一夜で十両近くはかかった。その太夫が新町には二十五人いた。つまり、太夫だけでも二百五十両、そこに天神が六十人余、囲八十人余、端は千人近くの費用も払うことになるのだ。さすがに千両まではいかないだろうが、五百両以上はかかった。

「総揚げとは豪儀な」

小鹿が感嘆というよりあきれた。

「豪儀を通りこしてますわ」

商人も首を横に振った。

「しかし、淀屋となればどうしようもないなあ。久しぶりに脂粉の香りを嗅《か》ごうと思ったんやが……」

「旦那もですか、いやあ、かくいう私《わたくし》もそうでして」

小鹿の嘆きに商人が笑った。

当然のことだが、総揚げをされれば、他の客は見世に揚がることも、茶屋を使うことも、揚げ屋に座を設けることもできなかった。もちろん、遊女は買えない。

「このまま帰るのも、味気《もみ》ないな」

「でございますな」

商人も小鹿の意見に同意した。

「どうだ、東大門外の店で一献《いっこん》」

「ご一緒させていただけますので。よろこんでお供いたしまする」

小鹿の提案を商人が受け入れた。

遊郭のなかにも飲み食いできる店はある。いかに総揚げとはいえ、さすがにそういった店までは及ばない。いつものように店は開けている。しかし、廓《くるわ》のなかというだけで、品物は悪いし、値段は高い。遊女と遊んで気持ちよく帰るときには気にならないが、無駄足をしたというときに入る気にはならなかった。

「あそこでいいか」

「勝手申しますが、あの向こうの店でよろしゅうございますか。馴染《なじ》みで多少の融通《ゆうずう》が利きますので」

小鹿が指さした店に商人が首を横に振り、別の店を推《お》した。

「どこでもええ。任す」

小鹿が認めた。

「空いてるかな」

煮売り、酒と書いた提灯《ちょうちん》のぶら下がっている灘《なだ》屋という店の戸障子を開けて、商人が声をかけた。

「堺屋《さかいや》はん、どうぞ、奥へ」

灘屋の親爺《おやじ》が愛想《あいそ》よく応じた。

「悪いね。小鉢を適当に見繕《みつくろ》っておくれ。酒は一番いいのをまず二合。燗《かん》も頼むよ」

「へい」

堺屋と呼ばれた商人の注文を、灘屋の親爺が受けた。

「旦那、こちらへ」

「すまんな」

案内すると言った堺屋に、小鹿は従った。

「こいつは、町の旦那」

灘屋の親爺が驚いた。

「世話になる」

小鹿が手を上げた。

「こちらで」

奥の座敷の上座を堺屋が勧めた。

「うむ」

鷹揚《おうよう》にうなずいて、小鹿が奥に座った。

「いい座敷じゃねえか」

小鹿が見回して感心した。

「座敷はここだけでございます。ここは座敷より、酒がよろしゅうございまして」

「それで店の名前が、灘屋か」

「灘の酒蔵と付き合いがあるとかないとか」

「怪しいな」

小鹿が笑った。

「ああ、名乗りがまだだったな。東町の同心で山中小鹿という」

「これは畏《おそ》れ入りまする。お先にお名乗りを頂戴《ちょうだい》するとは、冥加《みょうが》が過ぎまする。私は堺屋太兵衛《たへえ》と申しまする。船場西で細工物《さいくもの》を商っておりまする」

あわてて堺屋が頭《こうべ》を垂れた。

「そう固いのは、もうええやろ。二人とも淀屋に女を取られた振られもの同士やで」

「よろしゅうございますので」

「遊びに来て、身分もあるめえ」

「あとで、無礼者《ぶれいもの》と長いものを抜くのはなしでっせ」

小鹿の言葉に、堺屋が手を振って見せた。

「抜いたら、切腹になるわ」

とんでもないと小鹿が首を左右に振った。

たしかに無礼討ちというものはあった。

しかし、まだ戦国の気風が残っている幕初のころ、無理矢理難癖《なんくせ》を付けての無礼討ちが横行したことで、適用が厳格になった。

まず、武士個人への無礼は認められなくなった。

「武士たる者、たかが町人の言動ごときで怒るとは、心が練れておらぬ」

とされ、万一無礼討ちをおこなったときは、喧嘩両成敗として武士も切腹しなければならなくなった。

「見事なり」

無礼討ちが認められるのは、主君や父、上司など目上の者への無礼を咎《とが》めての行為だけであった。

「お酒をお持ちしました」

そこへ灘屋の親爺が酒と小鉢を持って入ってきた。

「どうぞ」

「すまんな」

堺屋が銚子《ちょうし》を勧め、小鹿が受けた。

「……返そう」

小鹿が盃《さかずき》を干し、堺屋へ銚子を差し出した。

「いただきます」

堺屋が盃をいただいた。

「うまいな」

「ですやろ」

感心した小鹿に、堺屋が自慢げに胸を張った。

「高いんじゃねえのか」

「お気になさらず」

小鹿の心配を堺屋が手で問題ないと示した。

「いや、誘ったのは拙者《せっしゃ》。払いは、こっちで持つ」

「ご冗談を。町方の旦那におごられたなんぞ、同商売に知られたら、明日から商売仲間から省かれますわ」

堺屋がとんでもないと拒んだ。それだけ町奉行所の役人は商いへの影響力が強い。

「とはいえ、なんの手助けもしてやれんのやで。おごってもらうのは、気詰まりや」

「失礼ながら、旦那は何方をお務めに」

職権で便宜《べんぎ》を図ることさえできないと言った小鹿に、堺屋が訊《き》いた。

「普請方や」

「そりゃあ、大工《だいく》か左官でもなければですなあ」

「材木屋も入るぞ」

笑った堺屋を見ながら、小鹿が付け加えた。

「まあ、旦那はまだお若い。今後の出世に期待して」

「出世はないわ」

気を遣《つか》った堺屋に小鹿が苦笑した。

「……なんぞおましたか」

「上司を怒らして、普請方へ飛ばされた」

真顔になった堺屋に小鹿が告げた。

「それは……なんと申しましょうか、ご愁傷様《しゅうしょうさま》で」

堺屋がなんとも言えない顔をした。

「悪いな。何年つきあっても、堺屋のためにはならへん」

小鹿が詫びた。一度傷が付いた役人の復活はまずなかった。とくに小鹿を飛ばした上司の和田山が、筆頭与力として人事を握っている限り、未来《さき》はない。

「いやいや、それはよろしおます。商売人《あきんど》とはいえ、たまには損得抜きで付き合うお人がいてくれはってもよろしいですがな」

「損得抜きか……ふふふ、それはええな」

堺屋の言い分を聞いた小鹿が笑った。

「では、あらためてよしなにの」

「はい」

二人がもう一度盃を酌《く》み交わした。

「……しゃあけど、淀屋のやることはなあ」

「ようおまへんなあ」

小鹿と堺屋が顔を見合わせた。

「買い切りは見世にとっても辛いわな」

「客の回しがでけまへんよって」

言った小鹿に堺屋が首を横に振った。

回しとは、遊女が同時に複数の客を取ることをいった。

言うまでもなく、太夫や天神という高級遊女は回しなどはしない。一人の客をていねいにもてなすのが仕事である。

だが、囲や端などは、数をこなさないとやっていけない。一夜の間に二人、三人ならまだしも、五人や六人は平然と受け入れる。

「ちょっと手水場《ちょうずば》へ」

客を通しておいて、まちがいなく本人がいると顔だけ見せ、そのまま別の客のもとへ行く。大広間を枕屛風《まくらびょうぶ》で仕切っているだけの、わずか一畳ほどの寝床で客を取る端は簡単である。そもそも客と睦言《むつごと》を交わすような情緒はない。隣の屛風しきりに別の客を通しておけば、ひょいと枕屛風をまたぐだけですむ。

問題は茶屋に呼ばれていく囲である。その囲が、手水場という言いわけを使って別の客のもとへ走る。そして少し相手をしたら、同じ言いわけで最初のお客のもとへ戻る。

こうして同じ間《ま》で二人分の揚げ代を得る。

もちろん、心付けも人数分もらえる。もっともやることをやったら「さっさと帰れ」と尻を蹴飛ばされる端遊女の客は心付けなんぞくれはしないが、稼いだぶん年季明けは近くなる。

「淀屋も回しの分まではくれんわなあ」

「回しなんぞという言葉さえご存じおまへんやろ」

嘆息する小鹿に堺屋が首肯《しゆこう》した。

「新町はどう思ってるんやろ」

「よろこんでるのは、佐渡《さど》屋はんだけでっせ。どこの誰が茶を挽《ひ》いたかを気にせんでもすみますし」

新町の創設者は木村又次郎であったが、その死後、まとめ役は、唯一新町に住居を構える町人佐渡屋忠兵衛《ちゆうべえ》となっていた。

「客がけえへん太夫なんぞ、無駄飯食いやと公言するやつやからなあ」

「そうでんなあ。まさか太夫に茶を挽かすわけにはいきまへんし、飯喰わさんというわけにもいきまへん」

堺屋も苦笑した。

新町だけでなく、京の島原《しまばら》、江戸の吉原でも、客が来なかった遊女を遊ばしておくのももったいないと、見世で出す茶を石臼《いしうす》で挽かせた。当然、仕事をしていない遊女に夕餉《ゆうげ》は出されない。

「誰も淀屋に迷惑やと言うてやらへんのや」

「言うわけおまへんわな。あの淀屋はんでっせ。天下の金満家。淀屋はんに気に入られたら、大もうけできますねんで」

「大もうけ……どうやって」

小鹿が首をかしげた。

「米の値段を教えてもらえるちゅう話でっせ」

「……米の値段か」

堺屋の言葉に小鹿が唸《うな》った。

淀屋は西国《さいごく》三十三藩の年貢米《ねんぐまい》を大坂へ廻送《かいそう》し、売り払う権利を得ている。その米の売り買いを淀屋の屋敷前でおこなうのだが、その値段が一定ではなかった。

「九州が豊作らしい」

「伯耆《ほうき》は米の出来が悪いという」

一年に一度、刈り取りの時期の豊作、不作で値段が上下するのは商売の常として当たり前であるが、それ以外にも、

「瀬戸内《せとうち》の潮が悪くて、豊前《ぶぜん》の米が遅れるそうだ」

「土佐《とさ》の湊《みなと》で人足が賃上げを訴えて、仕事を引き受けないため、積み込みができていない」

こういった細かい事情でも米の値段は影響を受ける。

これらの情報を淀屋は一人で握っていた。というのも、淀屋は初代常安《じょうあん》、二代目言當《げんとう》、三代目の箇斎《かさい》、四代目の重當《じゅうとう》と代を重ねるたびに増える分家を暖簾《のれん》分けという体で全国に散らせ、その地であったことをすぐに大坂の本家へ報《しら》せる仕組みを作りあげていたからである。

こうすることで、一日とはいわないが、数日から半月ていどの短い期間での米の値段の上下をいち早く知り、高くなれば売り、安くなれば買うという、一種の相場操作をおこない、淀屋は莫大《ばくだい》な富を得ていた。

「それはぼろいな」

「はい。ぼろ儲《もう》けですわ」

あきれる小鹿に堺屋が首を縦に振った。

「元金をどれだけ出せるかによりますやろうけど、淀屋はんから米の先値を聞けたら倍にするなんぞ、簡単でっせ」

「千両が数日で二千両か……怖ろしいな」

小鹿が震え、

「商売やおまへんけど」

堺屋は苦い顔をした。

「すまぬ。馳走《ちそう》になる」

「太夫を一晩揚げること思うたら、百分の一でっせ」

一刻（約二時間）ほど、酒を酌み交わした二人が、灘屋を出た。

「今度は、是非《ぜひ》おごらせてくれ。ここなら、拙者でも払えるわ」

「では、これからは一回《てれこてれこ》ごとということで」

小鹿の気まずさを堺屋が柔らげた。

「屋敷にも遊びに来てくれよ。一人暮らしでな、門番を兼ねた老爺も暮れ六つには帰ってまうけど。一応、門番の治平《じへい》には、堺屋のことは伝えとくさかい」

「へい。では、遠慮のう」

堺屋が小鹿の誘いにうなずいて、二人は帰途に就《つ》くため背を向け合った。

三

折角《せっかく》欲望を発散しようとして新町まで来ながら、買い切りに遭ってむなしく帰る客を生み出した淀屋三郎兵衛《さぶろうべえ》辰五郎は、新町を代表する揚屋吉田《よしだ》屋の二階座敷で、当代一とうたわれている浜風太夫の肩を抱き寄せながら、ご満悦であった。

「いやあ、愉快じゃ」

まだ十六歳になったばかりの淀屋三郎兵衛は盃をぐっと呷《あお》った。

「おめでとう存じまする」

それに新町遊郭のまとめ役の佐渡屋忠兵衛が追従した。

「祝いの言葉はちいと早いで」

淀屋三郎兵衛が笑いながら返した。

「親爺はんから、三年先には家督を譲ると言われただけやで」

「三年なんぞ、あっという間でっせ」

佐渡屋忠兵衛が満面の笑みを淀屋三郎兵衛へ向けた。

「なにより、天下一の淀屋さまの家督をお譲りになられる。これはご当代さまが、若旦那さまのご器量をお認めになられた証拠でございまする。これをおめでたいと言わずして、どないすると」

「照れるやないか」

淀屋三郎兵衛が顔を赤くした。

「まあ、主《ぬし》さんはあと三年で淀屋さまのご身代《しんだい》をお継ぎになられるんどすか」

浜風太夫は、かの名遊女夕霧《ゆうぎり》太夫を抱えていた扇屋《おうぎ》に属している。扇屋はもと京の島原にあったが、木村又次郎の誘いに応じて大坂へ居を移しただけあって、遊女のほとんどを京の出で揃えていた。

「ああ、そうやで」

「そのお若さで淀屋を背負わはる。将来どれだけのご活躍をなさいやんすか。なんとも、頼もしいお方」

浜風太夫がより身体《からだ》を寄せ、豊かな胸の膨《ふく》らみを押しつけた。

「……愛《う》い奴や」

淀屋三郎兵衛が盃を置いて、浜風太夫の襟《えり》を割って手を突っこんだ。

「いややわあ」

嬌声《きょうせい》をあげながら、浜風太夫が触りやすいように身体をよじった。

「…………」

しばらく淀屋三郎兵衛が無言で浜風太夫を楽しんだ。

「若旦那さま」

そのまま浜風太夫を押し倒しそうな淀屋三郎兵衛を、佐渡屋忠兵衛の声が引き留めた。

「……ああ」

衆目の内での恥さらしをするところだったところへの助け船というか、せっかく盛り上がった気分を邪魔されたという不満か、どちらにとればいいかわからない声音《こわね》で、淀屋三郎兵衛が応じた。

「いかがでございましょう、そろそろお開きに」

「ふむ。そうじゃの」

佐渡屋忠兵衛の勧めに、淀屋三郎兵衛がうなずいた。

「では、皆、若旦那さまに御礼を」

「おおきに」

「ありがとう存じまする」

佐渡屋忠兵衛に促された遊女や三味線《しゃみせん》、太鼓などの音曲《おんぎょく》を奏でていた地方《じかた》が、声を合わせて礼を述べた。

「ほな、わたくしも」

すっと浜風太夫が、身を起こした。

「あっ……」

「ご安心を。此方《こっ》の太夫《たいさん》は、閨《ねや》の用意でございますよ」

未練そうに手を伸ばしかけた淀屋三郎兵衛を、佐渡屋忠兵衛がなだめた。

「そうやったな」

いくら淀屋が金を持っているとしても、息子に遊女遊びをさせるのは十四、十五歳になってからである。もっとも女は十歳を過ぎたころに知っている。いや、淀屋次代の当主の妻の座を狙った女中《じょちゅう》たちによって、三郎兵衛は無理矢理教えられた。といったところで、素人の打算的な行為と男を楽しませる練達の技を持つ太夫とでは、比べものになるはずもなく、まだ数回の逢瀬《おうせ》ではあったが、淀屋三郎兵衛は浜風太夫に溺《おぼ》れていた。

「床急《とこいそ》ぎは、いい男のすることではおまへん」

いつの間にか、座敷から女たちの姿は消え、佐渡屋忠兵衛だけしかいなくなっていた。

「わかっとるわ」

若者らしい反発を淀屋三郎兵衛が見せた。

「これは要らぬことでおました」

あっさり佐渡屋忠兵衛が謝罪した。

「……肥後《ひご》で川崩れがあったらしい」

淀屋三郎兵衛がぼそりと呟いた。

「雪解け水でございますか」

「そこまでは知らん。川崩れで田植えがどうなるかわからへん」

「……それはっ」

佐渡屋忠兵衛が息を呑《の》んだ。

肥後は九州でも指折りの米どころであった。その肥後で田植えができなければ、秋の不作は決定になる。

「明日にでも切手《きって》を買わせていただきまする」

剽軽《ひょうきん》な雰囲気を佐渡屋忠兵衛がかなぐり捨てた。

淀屋がおこなっている米の取引は、いついくらで米を買い付けたか、あるいは売ったかを記した切手と呼ばれる紙切れが使われていた。

「この切手を金に」

手に入れた切手を淀屋に持ちこめば、いつでもそのときの値段で買ってくれる。

つまり、今年の秋に値上がりするとわかっている米を、今の値段で買いあさっておけば、確実に儲かるのだ。

「好きにしたらええ」

淀屋三郎兵衛は興味がないと手を振った。

「少し、金子《きんす》をご融通願えまへんか」

「番頭《ばんとう》と話をし」

佐渡屋忠兵衛の頼みを淀屋三郎兵衛は引き受けるとは言わなかった。

「お口添えを」

「厚かましいわ」

まだ食いさがった佐渡屋忠兵衛を淀屋三郎兵衛が人を押さえつけることになれた声で叱った。

「これは、すんまへん」

佐渡屋忠兵衛が深く頭を下げた。

「よろしおすか」

十歳になったかどうかの禿が、廊下から声をかけた。

「用意がでけたか」

救われたとばかりに、佐渡屋忠兵衛が応じた。

「こったいさんが、此方の人をお待ちでおます」

禿が閨の用意ができたと告げた。

「よっしゃ」

「どうぞ」

廓のしきたりである。立ちあがった淀屋三郎兵衛の手を禿が握った。

「ご案内い」

禿が甲高《かんだか》い声をあげて、淀屋三郎兵衛の手を引いた。

「お楽しみを」

佐渡屋忠兵衛が手を突いて、見送った。

淀屋の屋敷は、北浜《きたはま》にあった。

その規模は下手《へた》な大名屋敷よりも広く、北は土佐堀《とさぼり》川、南は北浜四丁目、東は心斎《しんさい》橋《ばし》、西は御堂筋《みどうすじ》まで、総坪数はじつに一万をこえた。

表玄関は、水運に便利な北側に設けられていた。

「仁右衛門《じんえもん》」

「へい」

店とは別棟になっている母屋で淀屋の現当主重當が、大番頭と二人きりで話をしていた。

「三郎兵衛はいないね」

「お指図通りに、新町へお出でございまする」

念を押した淀屋重當に大番頭の牧田《まきた》仁右衛門が答えた。

「好きなようだね。三郎兵衛は」

「嬉々《きき》としてお出かけでございました」

淀屋重當と牧田仁右衛門が微笑《ほほえ》んだ。

「三郎兵衛には、淀屋の幕を下ろさせるという役目を押しつけるんだ、好きにさせてやってくれ。毎日新町を買い切ったところで蔵の一つも空きはしないだろう」

「さすがに十年も極道《ごくどう》をなさいますと、少しは底が見えましょう」

主《あるじ》の言葉に大番頭が苦笑した。

「おまえには悪いと思っている」

「なにを仰《おお》せになりますか」

軽くだが頭を下げた淀屋重當に、牧田仁右衛門が慌《あわ》てた。

「六歳のときにご奉公にあがってから四十有余年、まともに筆も持てなかったわたくしをここまで育ててくださったのは、旦那さまでございまする。このご恩を返すことができるのであれば、どれほどの悪評でも引き受けさせていただきまする」

牧田仁右衛門が平伏しながら言った。

「御上《おかみ》に目を付けられた以上、淀屋の先はない。長く勤めてくれたおまえたちを守るには、こうするしかない」

「旦那さま……」

嘆く淀屋重當を見られず、牧田仁右衛門が伏して泣いた。

「武士の根本たる米を金儲けの手段にしたのがまずかったのか、西国大名たちに貸した金が多すぎたのか」

淀屋重當が目を閉じた。

店を大きくするには要路へ金を撒かなければならない。今回その伝手から幕府が淀屋を狙っているとの話が届いていた。

「それとも単純に御上よりも金を持ったことが、気に召さなかったのか」

「なにか手立ては……」

牧田仁右衛門が確かめるように訊いた。

「難しい」

目を閉じたままで淀屋重當が、眉間《みけん》にしわを寄せた。

「ご老中《ろうじゆう》さまにお金を……」

「それこそ、待ってたとばかりに賄《まいない》の罪を押し被せてくるだろう」

牧田仁右衛門の案に淀屋重當が首を横に振った。

「なんと非情な。今まで向こうから催促してきたと申しますに」

「それが政《まつりごと》というものや」

淀屋重當が嘆いた。

「伊予守《いよのかみ》さまにお話しを」

「……ご城代《じょうだい》さまか」

牧田仁右衛門が次に出した策に、淀屋重當が思案に入った。

「…………」

こういうとき主人の考えがまとまるまで、余計な口出しをしないのが奉公人の鑑《かがみ》であった。

「……なにもしないよりましか」

淀屋重當がうつむき加減であった顔をあげた。

「今のご城代土岐《とき》伊予守さまは、越前野岡《えちぜんのおか》のご領主」

「さようでございまする。元禄《げんろく》三年（一六九〇）にお奏者番《そうじゃばん》となられた翌年には大坂城代へとご立身なされた、まさに出頭人のお方」

「お奏者番といえば、お大名さまが最初に就かれるお役ではなかったかい」

牧田仁右衛門の話に、淀屋重當が確認した。

「おっしゃるとおりでございまする。普通、お大名さまはお奏者番からお寺社奉行《じしゃぶぎょう》、そこから若年寄《わかどしより》さまを経て、大坂ご城代と出世なさいまする」

「それだけのお役を経験なさるとなれば、五年や十年はかかる。それが一年で大坂ご城代とは、いささかどころか、かなりお早い、いや早すぎる」

淀屋重當が怪訝な顔をした。

「しかしだな。お目通りを願ったことは何度もあるが、伊予守さまは五十歳《いそじ》近いようにお見受けしたが」

「少しお調べしたほうが……」

「そうやな。淀屋の瀬戸際《せとぎわ》じゃ。摑んだと思ったら藁《わら》三本では困るでな。せめて板きれくらいではあって欲しい」

窺《うかが》うような牧田仁右衛門に淀屋重當が首を縦に振った。

四

江戸から御用便が大坂東町奉行所に着いた。

「新たな東町奉行さまが……」

御用便を開いた筆頭与力和田山が目を大きくした。

「また東町がお二人役になるとは」

和田山が嘆息した。

大坂には東町奉行所と西町奉行所があった。この二つが月番、あるいは取り締まる品目によって大坂を取り締まっている。

当然、大坂町奉行も二人であった。

だが、その二人が元禄九年（一六九六）から三人になった。

大坂東町奉行松平玄蕃頭忠固《まつだいらげんばのかみただかた》がいるところに、保田美濃守宗易《やすだみののかみむねやす》が二人目の東町奉行として赴任してきたのだ。もっともその二人目である保田美濃守は、わずか三年ほどで江戸町奉行へと栄転していった。

「あれからまだ四ヵ月ほどしか経っていないというに」

和田山が嘆息した。

筆頭与力が嘆くのは、人手不足に陥《おちい》るからであった。

これが東町、西町に加えて、南町とか北町といった風に新規任命ならばよかった。

「新規奉行所与力を任ず」

「同心を召し抱えよ」

新しい役所には、新しい役人が要る。与力三十騎、同心五十人が増やされる。実務になれていないという欠点はあるが、人手は足りる。

しかし、同役が二人になるだけならば、配下は増えない。町奉行所が一つ増えるからこそ人員を新規で集める余裕が出る。役所の数が変わらず、頭だけが二つになるのでは、人を増やす名分がない。

たとえは悪いが、八岐大蛇《やまたのおろち》を考えてみればよくわかる。八岐大蛇は首が八つに分かれていたが、胴体は一つしかなかった。

つまり、東町奉行は二人になっても、東町奉行所は一つのまま。人員の増員はなく、東町奉行所に所属している与力、同心が二人の奉行分働くことになる。一ヵ月ごとの月番が、三ヵ月で二回回ってくることになった。

一応、増員される東町奉行に直属する与力、同心は少ないながら数名ずつ選ばれる。そうしないと増し役の東町奉行がなにもできずに終わってしまうからだ。

「拙者の月番でござれば」

古参の東町奉行にしてもいい気分ではない。己の配下を他の者が好き勝手に使うとなれば、やりたいこともできなくなってしまう。

「畏れ入る」

そうなれば増し役の東町奉行が遠慮しなければならなくなった。役人には、もとの身分とは別に、どちらが古参かという厳格な上下があった。これに逆らえば、役人すべてを敵に回すことになりかねない。だからといって、月番仕事だけをやっていればすむというものではなかった。それならば、わざわざ増し役を作る意味がない。今までの布陣では足りないと幕閣が考えたからこそ、一人増やしたのだ。

「人手がなく、なにもできませぬ」

己が無能だと公言することにもなるが、先達《せんだつ》が嫌がらせをしていたとの意味も含んでいる。

「我らの意図を汲《く》まず、己の権にしがみつくとは不遜なり」

老中たちの怒りは先達にも向かう。

「お役目を果たすに十全《じゅうぜん》たる人物ではない」

「なにをしている」

先達に叱声《しっせい》が飛ぶ。

「そなたたちがしっかり働かぬからじゃ……」

そして上役の怒りは、下僚《かりょう》に向かう。

「とばっちりはごめんじゃ」

和田山が首を小さく左右に振った。

「生《い》け贄《にえ》を出さねばならぬの」

増し役の東町奉行専属となる与力、同心を誰にするかという問題に和田山は頭を悩ませた。

増し役の町奉行に付けられた者たちは、その増し役がいなくなると不要になる。なにせ、その分の補充は、与力も同心も見習を格上げして埋めている。戻る場所はない。

前の保田美濃守のときに専属となった者は、皆、嫡男《ちゃくなん》を見習に出している隠居前の人物ばかりであったため、すんなりと話は進んだ。それどころか、嫡男に家を譲った隠居にも手当が出るとなって、吾も吾もと騒ぎになったほどであった。

「同心の一人は山中で決まりだが……」

和田山は小鹿を目の前から消し去る好機だと捉えていた。

「伊那《いな》が悪いのはわかっておる。目をかけてやった儂《わし》への遠慮がないのが、和田山の名前に傷を付けたことが許しがたい」

末の娘ということでかわいがっていた伊那が、同じ東町与力の三男と通じた。家が隣同士ということもあり、子供のころから行き来が深かったのが仇《あだ》となった。

「娘が、伊那が……」

妻から話を聞かされたときは、すでに伊那と三男は深い仲になっていた。

「まことに申しわけもない」

隣家の与力もことを知って平謝りに謝った。

「どうなさる」

娘を傷物にされた和田山は激怒していた。

「嫁に」

「では、三男に家督を譲るのだな」

筆頭与力の娘が、部屋住みの職なしへ嫁ぐなど、外聞が悪すぎる。なにかあったと言って歩いているようなものであった。

隣家の与力阿藤左門《あとうさもん》に、和田山が迫った。

「それは……すでに嫡男は見習に出ておりまするし」

阿藤左門としてもうなずける話ではなかった。嫡男は見習与力として東町奉行所に出務している。もう顔も知られているし、仕事にもなれてきた。そこで家督を三男になど、できる話ではなかった。

「ではどうする」

「筆頭どののお力で、与力の座を一つ……」

詰問した和田山に阿藤左門が筋違いの願いを出してきた。

「おまえはっ」

そこで気付かぬようでは、東町奉行所の実質的な主ともいえる筆頭与力は務まらなかった。

江戸町奉行所でも京都町奉行所でもそうだが、大坂町奉行所も与力の定員は充足していなかった。江戸町奉行所は二騎、京都、大坂は一騎ずつ欠けていた。もちろん、帳簿上は定員通りになっている。

これは町方与力だけでなく、すべての与力の話である。そもそも与力というのは、騎乗を許されていながら、お目見えできない御家人身分であった。与力というのは出世しても、他職へ転じることがほとんどなく、同じ組内で肝煎《きもい》り、筆頭になるのが関の山なのだ。

「筆頭に任ずる」

だが、出世には褒賞《ほうしょう》が必須であった。出世してもなにもかわらないなら、誰も努力などしない。毎日同じことをするだけですむ。

これが普通の御家人ならば、禄を増やす、目見え以上の格に上げるといった手立てが取れる。

それが罪を犯した者を扱うということで、不浄職とされる町方は違った。まず、禄が安定していない。

与力、同心もおおよその禄や扶持米は決まっていた。ただ、それが筆頭与力や、筆頭同心などになると支給される禄や扶持が増えた。他にも見習で出ているときの扶持米などもある。質《たち》の悪いことに見習の定員が決まっていない。

これでもどうにかなったのは、大坂町奉行所に属する与力、同心の禄が大縄地《おおなわち》という知行地《ちぎょうち》にまとめられ、総高支給となっているからであった。

本禄は一人およそ二百俵の与力が三十人、二十五俵の同心が五十人とすると、七千二百五十俵になる。ここに扶持米が加わって、ざっと七千五百俵。これが東西なので合計一万五千俵、幕府の一俵は一石に等しいので、大縄地は一万五千石内外。ここに東西奉行の経費が加わり、大縄地は一万八千石ほどあった。

問題なのは、禄や扶持米以外の使途、出世に伴う加増、見習の扶持などである。

和田山ももとの家禄は百六十俵であった。それが筆頭与力になったことで二十俵足された。もちろん他の与力の加増もある。これらの出所が困る。

しかも、与力、同心の加増は、幕府に届けずともよいのだ。内々で好きにできるというのはありがたい。ただし、それにはお手盛りでできるだけのものがなければならなかった。

ようは大縄地の範囲ならば、どうでもできる。

「このたび、大盗賊を捕縛するという手柄《てがら》を、東町奉行所の与力、同心が立ててござる。ついては相応の褒賞を」

「…………」

なにせ、不浄役人などに幕府は触れたくもないのだ。どれほどの手柄を立てても大縄地を広げてなどくれない。

そこで町方の役人たちは、己で出世の分を補えるようにした。それが与力の欠員であった。

幕府が気にしていないことを利用して、定員が揃っているような顔で一人、二人の欠けを作る。その分の禄で、出世した分や見習の扶持を出す。場合によっては隠居料などの面倒も見た。

その欠員に阿藤左門は目を付け、筆頭与力の和田山の娘を利用したのであった。

「いかがでござろうか。与力の空き席を埋めるだけならば、定員が増えるわけではなし……お娘御も与力の妻として嫁げまする」

「…………」

阿藤左門が下卑《げび》た笑いを浮かべ、和田山が沈黙した。

「一度帰れ」

和田山がゆっくり考えたいと阿藤左門へ手を振った。

「これからは親戚づきあいになりましょう。どうぞ、よしなに」

阿藤左門が腰をあげた。

「……ああ、一つご注意をさせていただきましょう」

出かけたところで足を止め、阿藤左門が首だけ振り向いた。

「あまり暇《いとま》はございませんぞ。なにせ女は受け身でございますからな。いつ、懐妊せぬとも限りませぬ。新婦が腹ぼてでは、筆頭与力さまのおしつけに非難が出ましょうよ」

勝ち誇った顔で阿藤左門が帰っていった。

「なめたまねをしてくれる」

一人になった和田山が静かに怒った。

「阿藤は川方《かわかた》だったな」

川方というのは、淀《よど》川、道頓堀《どうとんぼり》川など大坂の主な川筋の取り締まり、通行する船の検《あらた》めなどをおこなった。

「なにもございません」

「これで」

のんびり役人に付き合っていられない多忙な者や、見つかったらまずいものを積んでいる者は、袖の下を出してくれる。

与力七人で交代することもあり、もらった役得はまとめて頭割りにするため、さほど大きな金額にはならないが、ないよりははるかにましであった。

「筆頭与力の力を思い知るがいい」

和田山が口の端《はし》をゆがめた。

筆頭与力の力は、人事権を握っていることにあった。

「阿藤左門、川役を免じ、本日より石役に任じる」

「なっ、なにをっ」

昨日の今日で反撃を喰らうと思っていなかった阿藤左門が絶句した。

石役というのは、大坂だけの珍しい役目である。

豊臣秀頼《ひでより》を滅ぼし、跡形もなく取り壊した大坂城の跡地に、徳川家の大坂城が造られた。

全国の大名を動員しての天下普請、名実ともに天下人となった徳川のご機嫌を取り結ばねばならぬと、大名たちは必死になった。

とくに石垣を担当した岡山《おかやま》藩池田《いけだ》家、熊本《くまもと》藩加藤《かとう》家などは、世間に恥じない巨石を競って切り出して、大坂へと運んだ。遠く離れた石切場から大坂まで運ぶとなれば、陸路ではなく海路が楽であった。

重い石を人力で運ぶのではなく、船を使えば早く楽である。こうして船で多くの石が運ばれたが、なかには石の陸揚げにしくじって船から落としたり、船ごとひっくり返ったりしたものもある。他にも嵐に遭って、沈没した例もあった。

それら川のなかや、河岸《かし》近くに落ちた石を管理するのが石役であった。

とはいえ、人足何十人でさえ動かせない重さの石を盗む者などいない。ならば何のためにあるのかといえば、石が大雨で動いたり、重さに耐えかねて川岸が崩れそうになったりしたことを大坂城代へ届け出るためであった。

この石は、万一のとき、大坂城に落雷や地震があったときに、修繕用として使用されるのだ。どこにあるか、どのような状態にあるかを把握しておかなければ困る。

そのために石役はあった。いうまでもなく、利権などない左遷中の左遷であった。

「筆頭どの、あまりといえばあまりではないか」

阿藤左門が嚙《か》みついた。

「あまりのことをされる覚えがあるのか」

「…………」

和田山に言われた阿藤左門が黙った。

さすがに息子が筆頭与力の娘を傷物にしたとは言えない。言えば同僚たちは和田山に興味を持つ。その代わり、阿藤左門は美人局《つつもたせ》の男版をやった武士にあるまじき者として爪弾《つまはじ》きになる。

「ないのだろう」

「……ござらぬ」

和田山に念を押された阿藤左門が呻《うめ》くように答えた。

「ならば、文句はないな」

「しかし、石役では……」

「不満か。なれば、火消し役与力に」

「火消しも」

新たな役目を言われた阿藤左門が不足そうな顔をした。

火消し役与力は、火事場の指揮、焼け跡の調査、警戒などをする。火事場の警戒は後片付けがすむまで夜を徹して役目を務めなければならない。

焼け出された者から袖の下をもらうわけにもいかず、余得がなく辛い仕事であった。

「よろしいのか、あのことを言いふらしますぞ」

「やればいい。ただし、儂が筆頭与力の間、そなたはずっと石役だぞ」

小声で脅した阿藤左門に和田山が返した。

「……うっ」

「では、石役でいいな」

「お待ちを。どういたせばお許しをいただけましょう」

釘を刺した和田山に阿藤左門がすがった。

「言わねばわからぬか」

和田山が嘲笑《ちょうしょう》を浮かべた。

「……まさか」

「下半身《しもはんしん》だけの男の命なんぞ要らんわ。ただ、大坂で顔を見たくはないの」

顔色を変えた阿藤左門に、和田山が告げた。

結果、阿藤左門の三男は勘当《かんどう》されて、近江《おうみ》のほうへ流れていった。ただ、そのときに置き土産とばかりに、三男は伊那とのことを言いふらして回った。

「勘当した以上は、かかわりなし」

詰問に来た和田山に、阿藤左門が言い放った。

武士の勘当は、厳しい。実家から放り出されるのはもちろん、武士という身分を失うだけではなく、寺に預けられた人別《にんべつ》からも消される。つまり、無宿者《むしゅくもの》になる。こうなってしまえば、まともに仕事にも就けなくなる。家を借りようにも身元を引き受けてくれる者もない。

勘当は世間から弾き出されると同義であった。

「筆頭与力の娘は、おいらの女だった。俺の下で喜んで腰を振っていた」

大坂を出るまでにさんざん三男が吹き散らしてくれたため、伊那にまともな嫁入りの口はなくなった。あっても相手が再婚で瘤付《こぶつ》きか、筆頭与力の権力を当てにしたうだつの上がらない与力であった。

「こうなれば、格下でもしかたあるまい。そういえば、同心の家督を継いだばかりの若いのがいたな」

こうして小鹿が生け贄に選ばれた。

その小鹿が激怒して、娘を引きずって来た。

「間男をするとは……」

「馬鹿な、男は大坂に戻ってこぬと約束したのだぞ」

文句を付けた小鹿に、和田山が驚いた。

だてに町奉行所の与力のなかで出世していない。御用聞きを使って調べさせれば、すぐに三男の行方《ゆくえ》は知れた。

人別をなくしたことで仕事が出来ず、喰えなくなった三男は無頼《ぶらい》の渡世《とせい》に落ち、大坂へ舞い戻っていた。

「子のしつけも出来ぬ者に、与力が務まるか」

怒り狂った和田山は、すぐに阿藤左門を呼び出した。

「勘当したゆえ、かかわりないと申すなよ。今度は恣意《しい》を通すぞ」

「町奉行所与力にふさわしからずと、お奉行さまへ申しあぐる」

問うた阿藤左門に和田山が述べた。

「同心へ、格落ちさせると言うか」

「させるというより、もう落ちているな」

「へっ」

阿藤左門が間抜けな顔をした。

「無頼がいかに生家があるとはいえ、天満に足を踏み入れるなどないわ。誰かの手引きでもなければ……の」

和田山が阿藤左門の肩を力一杯摑んだ。

「い、痛い」

阿藤左門が身をよじった。

「出ていけ。今までの誼《よしみ》だ。隣の家を空けるのは十日後でいい」

改易《かいえき》や罪を得ての屋敷替えは、そのほとんどが即日の退去になった。これは旗本、御家人の屋敷は幕府からの借りものだからであった。

「恣意を通すとは」

「お奉行さまに」

「告げ口したければすればいい。そのときは、無宿人と与力が親しくしていたという話が表に出る」

「うっ」

そうなれば、同心への格落ちではすまなくなった。

「わかった」

「三男が次になにかしでかしたら、阿藤の家は潰《つぶ》す。これは西町の筆頭与力左沢《さざわ》どのとも打ち合わせは出来ている」

おとなしくしていろと和田山が阿藤左門に決別の言葉を投げた。

大坂の東町奉行所と西町奉行所の与力同心の結束は固い。別段、人事異動で東町の者が西町へ、西町の者が東町へと移ることはまずない。ただ、東町奉行なり、西町奉行なりが罷免《ひめん》、転任して、新任が大坂へ来るまでの間、奉行のいない与力、同心はもう一方の町奉行所に一時的とはいえ属するという決まりがある。そのときに下手なまねをすれば、今度己がそうなったときに、しっかりやり返される。そうならないために、東西の町奉行所役人の繋がりは強かった。

「身上げは……」

同心から与力への出世が、過去になかったわけではない。片手の指の数もないが、同心ですさまじい実力を見せつけた者が与力になったり、跡継ぎのいない与力の養子に入ったりした例はあった。

「先ほども申した。余が筆頭であるかぎり、阿藤家は同心である。余が隠居した後は知らぬ。身上げ出来るだけの手柄を立てれば、あるいは与力に戻れるかも知れぬ」

「……………」

ないと断言されたも同じであった。

ちょっとした企《たくら》みと、息子をかばったおかげで阿藤左門は与力の身分を失った。

肩を落として、阿藤左門が去った。

「ふむ。あやつも新しい東町奉行さまのもとに行かせるか」

和田山がにやりと嗤《わら》った。

「その前に、今度の東町奉行さまは、前の保田さまとは違うと皆に知らさねばならぬ」

前回は隠居料欲しさに多くの応募があった。

それこそ、増し役の専属は奪い合いに近かった。一種の栄誉と取られたのだ。だが、今回はそれでは困る。

「今回は、しっかりと一人前の禄を出すか」

大縄地から新しい東町奉行に付けられる与力、同心の禄を捻出する。

「足りなくなるのではないか」

大坂という商人の町で町方役人をしている与力、同心である。算盤勘定《そろばんかんじょう》ぐらいは出来る。もともと大縄地の余裕はあっても、大坂町奉行の手元金を引けば六百俵を超えるかどうかでしかない。そこに与力二人、同心五人でも新設すれば、余裕は吹き飛ぶどころか、不足する。

「いつまでも不足するままということはなかろう」

少し目端《めはし》の利《き》く者は、新設組の末路を悟《さと》る。

「新しい東町奉行がいなくなれば、切り捨てられる」

筆頭与力とあれば、そちらへ誘導するなど簡単であった。

「これですっきりできるな」

和田山が小さい笑い声をあげた。

第二章　上方と江戸

一

目付《めつけ》は旗本の俊英と言われている。

大名、御家人を監察《かんさつ》するだけでなく、城中の平穏の維持、礼儀礼法の監査、火事場見廻りなど役目は多岐にわたるが、目付の数は少ない。定員が決まっているわけではなく、増減は激しいが、十人を超えることはまずなかった。

「お召しでございましょうか」

目付中山出雲守時春《なかやまいずものかみときはる》は、老中首座土屋《つちや》相模守政直《さがみのかみまさなお》の呼び出しを受けた。

「うむ。出雲守であるな」

「はっ」

老中首座ともなると、目付辺りの顔など覚えていない。ただ、目付のお仕着せである黒麻裃《かみしも》でそれとわかるだけであった。

「そなた去年、大坂へ行ったの」

「はい。河川普請の見廻りに去年の四月に大坂まで参りましてございまする」

土屋相模守の確認に中山出雲守が首肯した。

「大坂のことは知っておるな」

「見廻りが終わり次第、帰府仕《つかまつ》りましたゆえ、大坂を見て廻ることもなく」

よく知らないと中山出雲守が首を横に振った。

「それは……まあよい。なにも知らぬよりまし」

少し落胆した土屋相模守だったが、気を取り直した。

「目付どものなかで、大坂の話は出ぬか」

「大坂の話でございまするか。あいにく」

中山出雲守が困惑した。

「目付は、今何を調べているかを同僚にも隠すものでございまして」

「それでも雰囲気や話の端々で窺えることもあろう」

土屋相模守が無理を言った。

「目付は同僚と話をいたしませぬ。城中静謐《せいひつ》を守る目付の部屋が賑《にぎ》やかでは、世間《せけん》がとおりませぬ」

「……ふむ」

中山出雲守の苦笑に、土屋相模守がなんともいえない顔をしながら、うなずいた。

「そちに大坂へ行ってもらう」

「また、河川の見廻りを」

土屋相模守の言葉に中山出雲守が首をかしげた。

「いや、大坂町奉行としてじゃ」

「大坂町奉行……」

告げられた中山出雲守が首をかしげた。

目付から遠国《おんごく》奉行への転任はままあった。というより、ほとんどが大坂町奉行、京都町奉行、長崎《ながさき》奉行などになり、そこでそつなく役目をこなした者が、旗本の顕官《けんかん》と言われる江戸町奉行に出世した。

つまり目付から遠国奉行への引き上げは、立身の道に乗ったという証明であった。

「不足か」

「いえ、なぜわたくしがと驚いておりまする。わたくしが目付に就きましたのは、元禄九年（一六九六）九月十五日、まだ三年にもなりませぬ」

苦情を申すかと気色《けしき》ばんだ土屋相模守に、中山出雲守が怪訝な顔をした。

目付というのは不思議な役目であった。

普通の役目の場合は自薦他薦を問わず、上役から任じられる。しかし、目付は上司も監察するため、誰かの引きでというわけにはいかないのだ。

目付は欠員が出たとき、手が足りなくなったとき、全員で新任を選ぶ。

まず、この者がいいという推薦があり、続けて入れ札が始まる。入れ札で少なかった者から省いていき、最後に残った者が目付に選ばれた。これも周囲からの圧力を避けるためであった。

そこまでするだけに目付の任は秘密に満ちており、同僚といえども知ることはできなかった。また、同役同士も監察する関係上、組頭や肝煎りなどという上下関係に当たる役割も作らない。目付は他職で当たり前の先達を敬うとか、その指示に従うなどもなく、皆平等であった。

「できる者にはふさわしい役目があろう」

土屋相模守が、中山出雲守の疑問に答えた。

「わたくしが大坂町奉行にふさわしいと」

「余《よ》としては、その先だと思うがの」

驚いた中山出雲守に土屋相模守が笑いを浮かべた。

「その先……」

大坂町奉行の先といえば、勘定奉行か、江戸町奉行になる。中山出雲守が絶句したのも無理はなかった。

「経歴を調べた。そちは御納戸番《おなんどばん》から御納戸組頭、御腰物《こしもの》奉行を経て目付になっているな」

「いかにもさようでございまする」

御納戸は将軍居室の箪笥《たんす》や布団などの用具一切を管理する役目である。そして御腰物奉行は、将軍の所有する刀剣を扱う。

「どちらも道具をよく知らねばならぬ」

「それはそうでございますが」

「道具がいいものか、あるいは真贋《しんがん》を見抜く目を持っている。そうだな」

「ご返答のいたしにくいことを」

謙遜《けんそん》は、中山出雲守をその職に推薦してくれた人の沽券《こけん》にかかわる。他人を見る目がないと言っているも同然であった。

中山出雲守が正直に困惑した。

「さて、大坂を見てきたのだろう」

「多少は」

目付ともあろう者が、遠国まで足を運んでおりながら、役目だけで江戸へ帰ることはない。

二回目の問いには中山出雲守が認めた。

「どうであった」

「繁華に見えましてございまする」

老中首座の意図がわからない。中山出雲守は無難な答えをした。

「その繁華は誰のためか」

「…………」

土屋相模守がさらに問いかけたが、中山出雲守は沈黙した。

「訊いておるのだぞ」

黙《だ》んまりは許さないと土屋相模守が中山出雲守を睨《にら》んだ。

「商人のための繁華、金による繁華と見ましてございまする」

「うむ」

満足そうに土屋相模守が首を縦に振った。

「付いてこい」

土屋相模守が背を向けた。

「はい」

目付は老中でも監察できる。とはいえ、幕府の権力をいえば、老中がはるかに上になる。どこへとかなぜとかも言わず、中山出雲守は従った。

「ここでよい。開けよ」

「はっ」

先頭に立っていた御用部屋坊主《ごようべやぼうず》が、座敷の襖《ふすま》を開けた。

御用部屋坊主は老中の雑用を引き受けるのが仕事である。老中が御用部屋を出るときはかならず供《とも》をした。

「出雲、参れ」

座敷に足を踏み入れた土屋相模守が中山出雲守を手招きした。

「御免を」

中山出雲守が後に続いた。

「誰も近づけるな」

「承知いたしておりまする」

続けて命じた土屋相模守に、御用部屋坊主が頭《こうべ》を垂れた。

「閉めまする」

御用部屋坊主が座敷の襖を閉めた。

「…………」

襖が完全に閉まり、御用部屋坊主の姿が見えなくなるまで土屋相模守は腕を組んで目を閉じていた。

「……もうよかろう」

しばらくして土屋相模守が目を開けた。

「他人払いをしたのは他でもない。出雲、そなた淀屋を存じおるか」

土屋相模守がまっすぐに中山出雲守を見つめた。

「名前くらいは」

中山出雲守が遠慮がちに応じた。

「あきらめろ。余に目を付けられたのだ」

笑いを浮かべながら土屋相模守が、中山出雲守に引導《いんどう》を渡した。

「……畏れ入りましてございまする」

中山出雲守が降参した。

「淀屋を知っておるな」

「大坂随一、いえ、天下一の商人かと」

今度は素直に中山出雲守が答えた。

「さようじゃ。淀屋の起こりなどは置いておこう。今は不要じゃ」

「はっ」

土屋相模守の言葉に中山出雲守が同意した。

「淀屋の商いは西国の米を扱うこと、上方《かみがた》の水運を支配することで入る運上《うんじょう》、さらに上方の武家地を除いた半分を持つという土地からあがる地代である」

「そのように聞いております」

中山出雲守が首肯した。

「だが、これは表向きのこと。今の淀屋の繁栄を支えているのは、金貸しで得られる利である」

「利でございますか」

中山出雲守が驚いた。西国の米は天下の穫れ高の四割に近いと言われている。取り扱う米の量は二百万石に近い。その売り買いで得られる手数料は、それこそ莫大な金額になる。土屋相模守は、それ以上に利ざやが多いと言ったのだ。

「そうだ。正確には把握しておらぬが、天下諸侯が淀屋から借りている金の総高は、ざっと四百万両ではきかぬ」

「四百万両……」

驚愕をこえて、中山出雲守が絶句した。

「これは諸大名だけじゃ。余り大きな声で言えることではないが、御上も淀屋から金を借りておる」

「御上が、商人から金を……」

中山出雲守が目を剝いた。

「八十万両くらいならば、お城の金蔵にあるがな。上方でなにかをするとなったときにわざわざ江戸から金を運ぶのはいろいろ手間がかかろう」

「たしかにさようでございますが、大坂城にもそれくらいの金があったと聞いておりまする」

大坂城は万一、薩摩《さつま》の島津《しまづ》や長州《ちょうしゅう》の毛利《もうり》が謀叛《むほん》を起こして、京を目指して行軍してきたとき、足留めをするために造られた。

数万をこえる敵軍にも耐えられるよう堅固に造られ、城中の蔵には鉄炮、玉薬、弓矢、米、味噌《みそ》などが満ちている。

しかし、戦いは武器と兵糧《ひょうろう》だけで戦えるものではなかった。鉄炮、弓などの武具は手入れしなければならず、米、味噌も日にちとともに傷む。それらを交換、あるいは補充するための金が要った。

そのため、二代将軍秀忠《ひでただ》は、大坂城に百万両という金を蓄えさせた。

「大坂城の金は、戦のために遣うもので、それ以外で手を付けるわけにはいかぬ」

「つかぬことを申しました」

首を横に振った土屋相模守に中山出雲守が謝罪した。

「そう言った理由で御上も淀屋から借りておる。ただ、問題は借金には利子が付く」

「たしかに」

「淀屋の利がどれほどのものか、存じおるか」

「あいにく、どこからも金を借りたことがなく」

中山出雲守が首を左右に振った。

もともと中山家は二百俵という微禄であった。中山出雲守の父が四代将軍家綱《いえつな》の新規召し出しを受けて十人扶持を与えられたのが始まりで、勤務精励を賞されて二百俵まで立身した。その跡を継いだ中山出雲守も部屋住みの段階で家綱に召し出され、一時は親子勤めをした。

親子勤めは名誉であり、父の致仕以降も順調に出世、度々加増《かぞう》を受けた。さらに目付になったときに、米の現物支給から常陸国《ひたちのくに》鹿島郡《かしまぐん》並びに茨城郡《いばらきぐん》で五百石の知行にあらためられた。

わずかの間に数倍の身代になったのだ。子供のころは、百俵から二百俵という旗本とはいえない禄高で生活してきた。質素な生活には慣れている。禄が増えたからといって、山海の珍味じゃ、若い妾《めかけ》じゃと浮かれることはなかった。

しかも与えられた役目が目付なのだ。旗本の模範であると自負している目付が、世間から後ろ指を指される、あるいは嗤われるようなまねはできない。

目付はその任にある間は、吉原はもとより料理屋などに足を向けることはしない。家族にも質素倹約を命じる。妻も絹物を纏《まと》う、簪《かんざし》や派手な櫛《くし》などを身につけることも遠慮しなければならなかった。

こういった経緯もあり、中山出雲守は借財をしていなかった。

「幸せなことよな」

借金がないと言った中山出雲守を土屋相模守がうらやましそうに見た。

「……借財できるほどの身代ではないだけでございまする」

中山出雲守が言い訳をした。

「まあよいわ。話を戻すぞ。淀屋の利子は、借りた方の条件で多少の上下はするが、概《おおむ》ね一年で一割と五分」

「年に一割五分……」

その多さに中山出雲守が息を呑んだ。

金勘定を卑《いや》しいものとして毛嫌いする武士だが、算術は出来て当然とされていた。敵勢や鉄炮の数に硝煙《しようえん》が何発分あるといった戦での勘定がわからないようでは、とても勝てない。槍だけ持っていればいいという端武者《はむしや》なら、字が読めず、足し算が出来なくともなんとかなるが、軍役をこなさなければならない旗本の当主となれば、足し算、引き算、かけ算くらいは修養しなければならなかった。

「……一万両借りれば、一年で利子が一千五百両。返さなければ、翌年には利子が一千七百二十五両……二年で元利合わせて一万三千二百二十五両」

「さすがじゃの」

素早く計算した中山出雲守を土屋相模守が褒めた。

「一万両はさすがに大身《たいしん》でなければ借りられぬ。一万石や二万石なら、千両から二千両しか借りられまい。逆に考えれば、島津や細川《ほそかわ》、黒田《くろだ》など五十万石をこえる大大名ともなれば、五万両や十万両を借りておることもある」

「全国の大名が相手だとすると……」

「少なく見積もって百万両、多ければ二百万両」

恐怖を感じながら問うた中山出雲守に、土屋相模守が告げた。

「百万両だとしても一年で利子は十五万両、二百万両なら三十万両。これは仙台伊達《せんだいだて》家の収入に匹敵《ひってき》いたしますぞ」

中山出雲守が震えた。

「このままでは、淀屋への利払いで大名が潰れてしまう」

土屋相模守が危惧《きぐ》を口にした。

「…………」

「聞けば、西国の大名は参勤の行き帰りに淀屋へ寄って、挨拶《あいさつ》をするという」

「それはなりませぬぞ」

土屋相模守の話に、中山出雲守が恐怖を怒りに変えた。

「武士が商人に頭を下げるなど、天下の秩序を破壊しかねませぬ」

「うむ。そなたならば、そこに気付くと思っておった」

満足そうに土屋相模守がうなずいた。

「もちろん、淀屋だけではない。江戸にも大名に匹敵する財を持つ商人はおる。かといって、それらすべてに手を入れるだけの余裕も暇もない」

「一罰百戒だと」

中山出雲守が理解した。

「である」

認めた土屋相模守が、中山出雲守を強い眼差《まなざ》しで見つめた。

「中山出雲守、二月十九日をもって目付の任を解き、大坂東町奉行を命ずるものなり」

「承知仕《つかまつ》りましてございまする」

中山出雲守が両手を付いた。

二

新たな人事は、江戸から大坂へ継ぎ飛脚で報された。

「目付中山出雲守が東町奉行になるか」

大坂城代土岐伊予守が苦虫を嚙み潰したような顔をした。

「昨年、大坂の河川普請の調べに来たのが、出雲守であった」

土岐伊予守が嘆息した。

大坂城代になった土岐伊予守は、幕府から大坂での入り用分として摂津《せっつ》、河内《かわち》、越前《えちぜん》で一万石が与えられた。出羽上山《でわかみのやま》と新規加恩の領地は遠く離れている。土岐伊予守はその土地の政に忙殺され、新任の一年は大坂城代としての役目がおろそかになった。

結果、土岐伊予守は河村瑞賢《かわむらずいけん》がおこなった淀川の改修工事の確認を怠った。何もなければ、それくらいは問題にならなかった。

だが、淀川には周囲の山を削って田畑を開墾《かいこん》したときの土砂が流れこみ、底に溜まっていた。ここに大雨が降り、淀川が氾濫《はんらん》、大坂城下の一部を水浸しにした。

「自領に気を取られ、役目を忘れるとは論外」

当然、土岐伊予守は幕府から叱られた。

とはいえ、飛び地を与えたのは幕府である。また、土岐伊予守は大坂城代に赴任したばかりで、まだ執務になれていない。

一年ほどで大坂城代を罷免するのは、あまりに外聞が悪い。

「執政と言われながら、人を見抜く力もないのか」

煩雑《はんざつ》な人事は、世間を不安にする。

「次はない」

幕閣は土岐伊予守を罷免しなかった。

「越前野岡へ移れ」

その代わり、土岐伊予守は上山二万五千石と新規加恩の一万石を合わせて、三万五千石で越前野岡へ転封された。

出羽上山は羽州《うしゆう》街道の要地であり、実高こそ表高に及ばないが、城下町は旅人の往来が多く賑わっていた。その街道の運上金などが大きく、かなり裕福であった。

それに比して、越前野岡は城もなく、物成が悪いだけでなくまま冷害もある厳しい土地であった。それこそ実高は表高の半分あるかないかといった有様であった。

「城主の格式が……」

土岐伊予守を落胆させたのは収入の低下よりも、上山ではあった城が野岡では陣屋《じんや》だったことであった。

大名にはいくつかの格付けがあった。御三家《ごさんけ》、御親藩《ごしんぱん》、御譜代、外様《とざま》という区別の他に、国主、城主、城主格、陣屋大名の差があった。

国主とは一つの大名が一国以上を領していることをいい、加賀《かが》と能登《のと》を領する前田《まえだ》家、薩摩、大隅《おおすみ》を支配する島津家、備前《びぜん》の池田家などがある。次が城持ちで、一国一城令とは合わないが、七十人くらいいる。城主格は、城はないが先祖の功績、歴史などから城主たるにふさわしいと幕府が認めたものであった。そして陣屋大名は、それ以下のことであり、大名のなかでも肩身が狭い。

土岐家は、幕府から格落ちという罰を受けた。

それ以降七年ほど大坂城代をしているが、栄転の話はない。

多少の年限差はあるが、大坂城代は将来の執政になるものの修業あるいは待機役とされていた。なかには大坂城代から京都所司代《しょしだい》へ異動する者もいるが、ほとんどはそのまま老中へと出世していく。

その道が土岐伊予守には開かれていなかった。

いや、少し前までは開いていた。凡百とまでは言わないが、譜代大名で数万石ていどの身代の者が任じられる奏者番になって、たった一年で土岐伊予守は大抜擢《ばってき》された。

「公方《くぼう》さまのご期待に沿わねば」

土岐伊予守が五代将軍綱吉《つなよし》への忠誠を厚くしたのも当然であった。

奏者番から大坂城代までにある寺社奉行や側用人《そばようにん》などを飛び越したのだ。まずまちがいなく数年で老中となって江戸へ戻される。

「公方さまのお気に入り」

吾こそ寵臣《ちょうしん》と浮かれた土岐伊予守が、一万石の加増に興奮したのも当然であった。

順調に出世するはずが、足踏みを強いられているどころか、表立ってではないが咎めを受けた。

「洪水さえなければ……」

臍《ほぞ》を噛んだところで、相手は災害である。

まさか天を呪《のろ》うわけにもいかず、土岐伊予守の恨みは洪水の後、原因の追及をするためにきた目付に向けられた。

幕閣の思惑《おもわく》、綱吉の恩寵のおかげで大坂城代のまま存《あ》り続けられているが、そのありがたみもときと共に薄くなる。

またあれ以来、数年に一度河川の状況を確認するために目付が大坂まで出張してくるのも、土岐伊予守を苛立たせた。

「去年、目付で大坂へ来た中山出雲守が、増し役ながら大坂東町奉行として赴任してくる。これは、余の落ち度を探るためではないか」

一度躓《つまず》いた者は、足下ばかりを見る。

土岐伊予守は中山出雲守を疑った。

「……もし、御上の思惑を受けて出雲守が来たならば、表向き敵対はまずい」

まさに待ってましたとなりかねない。

「淀屋の誘いに乗るか」

土岐伊予守が独りごちた。


大坂東町奉行所に中山出雲守が新たな東町奉行となったとの報せが届いたのは、元禄十二年（一六九九）三月の初めであった。

「お迎え与力を出さねばならぬ」

大坂東町奉行所に主だった与力を集めた和田山が宣した。

お迎え与力とは、大坂町奉行所、京都町奉行所の慣習で、新任の奉行を選ばれた与力が江戸まで迎えに出て、上方まで案内する臨時の役目であった。

「中山出雲守さまとはどのような御仁《ごじん》かの」

奉行所の出納《すいとう》を担当する金役与力が、中山出雲守の人柄を訊いた。

「御納戸から御腰物奉行、目付を歴任されたお方としか、わからぬ」

和田山が首を横に振った。

奉行の人柄を気にしたのは、大坂までの旅程、およそ十日ほどの間、お迎え与力はつきっきりで東町奉行所の役割について説明しなければならないからだ。

「ええい、なにを申しておるか、わかるように説明をいたせ」

気の短い奉行に当たり、機嫌でも損ねれば、

「役に立たぬ。それでよく与力が務まるものだ」

その奉行がいる間、肩身の狭い思いをすることになる。

「顔も見たくないわ」

嫌われれば、西宮や堺など、大坂町奉行所の管轄であるが離れたところへ追いやられる羽目に遭う。

「ふむ。そうすればよいのだな。なかなかわかりやすい」

逆に気に入られれば、

「証文方《しょうもんかた》をいたせ」

側近に抜擢される。

証文方は、その名の通り、町奉行所へ差し出された訴状などを取り扱い、町奉行の諮問《しもん》に応じる。

さすがに与力や同心の後押しがなければなれない筆頭与力とまではいかないが、証

文方は余得が多い。

「なにとぞ、よしなに」

訴状を出した方、出された方の両方が、少しでも己に有利になるようにと袖の下を差し出す。

「ご挨拶でございまする」

幕府の方針が変わったときやなにかあったときに、いち早く報せてもらえるように、豪商などは付け届けを出してくれる。

大坂町奉行所の与力で証文方は、唐物方、遠国から大坂へ集められる金を扱う遠国方、潰された商家の財産の接収、売却をおこなう闕所方《けっしょかた》と並んで、裕福であった。

「お目付……」

「厳しかろう」

与力たちが顔を見合わせた。

「どうだ、誰か行かぬか」

「…………」

和田山が手を挙げる者はいないかと問うたが、誰一人として応じた者はいなかった。

「誰かが行かねばならぬ」

「我らは多忙でござる。往復で二十日も一人欠けては役目が果たせませぬ」

じろりと一同を見た和田山に金役与力が首を横に振った。

「金役はいつものように除外じゃ」

和田山も認めた。

「若い者を出すわけにもいきませぬぞ」

そろそろ隠居といった歳嵩《としかさ》の与力が口を開いた。

「お役について説明できぬようでは困る」

和田山もそれが懸念《けねん》だと首肯した。

「となると、自ずから決まりそうじゃな」

かかわりないとなった金役与力が、集まっていた与力の数人を見た。

「そうじゃな。この時期、さほどお役がないものがよかろう」

言った和田山が、うつむいている壮年の与力に目を付けた。

「由良《ゆら》、そなたが行け」

「わ、わたくしが……」

名指しされた与力が、顔色を変えた。

「御蔵目付役は、あらたに年貢が大坂城の西の丸玉造蔵《たまつくり》へ収められるときに立ち会うのがお役。つまり、秋までは暇だな」

「……ですが」

由良と呼ばれた与力が抵抗しようとした。

「異論ある者はおるか」

和田山が由良を除いた他の与力に問うた。

「…………」

「ないようだな」

誰も面倒ごとを引き受けたくはない。皆無言で肯定を表した。

「そんな……」

由良が絶句した。

「悪いことばかり考えるから、嫌になっているだけ。利を考えろ」

無駄だとわかりながらも、抵抗を止めない由良に和田山が言った。

「利……」

怪訝な顔をした由良に、和田山が述べた。

「新しいお奉行さまが、話のわかる御仁なら、そなたをおろそかにはなさるまい」

「……たしかに」

由良の気分が浮いた。

「少しだが、江戸までの費用を多めに出してやる」

さらに和田山が由良を釣った。

大坂から江戸まで、男の足で八日から十日かかる。旅籠《はたご》で朝晩と翌日の弁当まで用意させて、おおよそ二百五十文ほど、十日かかるとして、宿泊費と食費で二千五百文、一両が五千文内外なので、二分あれば足りる。もっともこれは一人の代金で、与力となれば草鞋取りと狭み箱持ちの小者二人を伴わなければならなかった。

言うまでもなく、小者二人は与力と同じ部屋には泊まれない。万一のことがあるので、同じ旅籠にはいるが、他の客との雑魚寝《ざこね》か、よくて物置のような狭い部屋で過ごすことになる。これでも二人で江戸まで一分と二朱くらいは要った。

「江戸までの旅費は、いつもならば二両であるが……」

旅は宿以外にも、大井川《おおいがわ》の渡し、六郷《ろくごう》の渡し、箱根《はこね》峠の山駕籠《やまかご》など、意外と金を遣った。

「片道で三両出してやる」

和田山が指を三本立てた。

「三両でございまするか」

渋そうな顔を由良が見せた。

旅費に二両遣ったとしても一両残る。これで江戸で遊べるかといえば、いささか安い。なにせ小者二人を置いて、一人遊びに行くのは都合が悪い。

「吝《しわ》い旦那や」

「遊女を抱かせろとまでは言わんけど、酒くらい吞ましてもらわんと」

小者たちの忠誠が薄くなる。

江戸でちょっとした酒を吞もうと思えば、二合の酒とちょっとした肴《さかな》で百文ないと厳しい。二人なら二百文かかる。

その金は主たる与力が持つのが慣例であった。

「……往復で七両二分。これ以上はならぬ」

「では七両二分で」

和田山の意見を由良が受け入れた。

三

由良が迎え与力として江戸へ向かうということは、すぐに東町奉行所に拡《ひろ》がった。

「今のお奉行さまはどうなるのだ。どこぞへ転じて行かれる様子もなし」

新任の奉行が来る前に、前任は転出していくのが普通であった。引き継ぎをすることはなく、ほとんどの者は西町奉行を先達として、実務を習った。

「また二人か」

「おまはんはどないする。手あげるんか」

同心たちが話をしだした。

「保田美濃守さまのときは、ええ思いをしたのう」

「隠居どもがだろう」

初めて東町奉行が二人になったのは、つい三年前のことだ。

わずか二年で江戸町奉行へ転じていった保田美濃守は、誰の目から見ても大坂東町奉行を踏み台にした。

「栄転も極まったり、喜んだ保田さまに付いていた連中は、与力一人が五両、同心が二両ずつもらっていた」

「今度はどうであろうなあ」

「東町奉行を増員せんならんことはないやろ」

「ということは、今度の中山出雲守さまも二年か三年で江戸へ召し替えされるんとちゃうかな」

「こらあ、筆頭与力さまに談判せんならんなあ」

「おまはんも扶持米と礼金目当てかいな」

「来年で五十歳を越えるからの。息子ももう二十八歳、いつまでも見習ではかわいそうやしの」

「それやったら、儂ももう五十三歳やで。息子はまだ二十歳をでたとこやけど」

「…………」

賑やかな議論に小鹿は参加していなかった。

和田山に嫌われているだけに、そういったうまい話が回ってくるはずはないと達観していた。

「待て待て」

そこへ支配方与力の下僚である俸禄方《ほうろくかた》同心が顔を出した。

「なにが、待てやねん」

「おはんが手あげたんか。それは権の遣いすぎやぞ」

名乗りをあげると言っていた同心たちが、俸禄方同心を責めた。

「ちゃうわ。話を聞け」

俸禄方同心が手を上下させて、同僚たちを落ち着かせた。

「今度の中山出雲守さまは、前の保田美濃守さまとは違うぞ」

俸禄方同心が告げた。

「なにがちゃうねん」

「まずは聞けと言うたやろが」

文句を言った同心を俸禄方同心が睨んだ。

「ええか、中山出雲守さまは、お目付からの転任や」

「お目付かあ」

俸禄方同心の一言で同心に落胆が拡がった。

「当たり前の異動やなあ」

「やな」

同心たちの熱が一気に下がった。

「最後まで、聞けや」

ざわつきかけた同心たちを俸禄方同心が叱った。

「まだなんかあんのか」

同心の一人が応じた。

「覚えておる者《もん》もおるやろう。去年、大坂河川補修普請の見廻りに来たお目付さまを」

「……あっ」

「うわあ」

俸禄方同心に確認を求められた同心たちが顔を見合わせた。

大坂の河川は大坂城代の管轄になるが、大坂町奉行所もかかわりがないわけではなかった。

時々、目付が河川補修の状況を監査するために大坂へ来る。その査察に大坂町奉行所からも人を出した。

これは大坂町奉行所の与力、同心がもっとも大坂の町に詳しいからであった。

「あのときのお目付さまは、かなり厳しいお方であったとか」

「そうやった」

たしかめるような俸禄方同心の問いに、川役同心が応じた。

「宴席はもちろん、茶会さえ出ないし、湯茶の接待《せったい》も受けはしない。朝は日が昇るなり出立《しゅったつ》し、日が落ちるまで休みなしに見回る」

「昼飯は」

別の同心が訊いた。

「歩きながら握り飯をほおばるだけじゃ」

「足も止めずか」

訊いた同心が驚いた。

「戦場《いくさば》ではそうであったとさ」

川役同心があきれた。

「十日ほどだったが、あれほど辛い日々はなかったぞ」

「ご苦労はんは」

「あるかいな。慰労の金はもちろん、酒の一杯も出なんだわ」

尋ねられた川役同心が吐き捨てた。

「うわあ、その御仁か」

「これはうかうかと手をあげられへんわ」

同心たちの興奮が冷めた。

「しゃあけど、それでは出雲守さまに付く者がおらへんようになるで」

俸禄方同心のもの言いに懸念を覚える者もいた。

「その辺は心配せいでもええ。筆頭与力さまがお考えになってはるさかいな」

「強制か」

否《いな》やはできないじゃないかと川役の同心が嘆息した。

「そういうことか」

小鹿が口のなかで呟いた。

己に役が、いや厄《やく》が降りかかってくるとわかった小鹿は、一人組長屋でやけ酒を呑んでいた。

「己の娘の不始末やないか」

小鹿は不満を口にした。

「なにも与力にしてくれとか、金をくれと言うわけやない。ただ、詫びの一つくらいは聞かせて欲しいと思うのは、贅沢《ぜいたく》か」

日頃の鬱憤《うっぷん》を小鹿が撒《ま》き散らした。

「ずいぶんと荒れておられますな」

いつの間にか襖が開いて、堺屋が顔を出した。

「勝手に入ってくるのはどうかと思うで」

小鹿が堺屋を叱った。

「すんまへんなあ。何度かお声をかけさしてもろうたんですけど、ご返事がございませんよって」

「門番はおらん、返事なかったら、普通は留守やと思うて帰るやろ」

小鹿があきれた。

「潜り戸は開いてましたで」

「……開いてたか」

堺屋に言われた小鹿が苦い顔をした。

「癖《くせ》は抜けんなあ」

小鹿がため息を吐いた。

「癖……でっか」

「町方の同心は、一日中潜り戸に閂《かんぬき》をかけへんのや」

「なんでですねん」

「立ち話する気いか」

訊いた堺屋を小鹿が手招きした。

「よろしいか」

「ここまで来て、今さら帰れもなかろう」

確認した堺屋に小鹿が苦笑した。

「知り合いを一人連れてますねんけど、かまいまへんか」

「一人でも十人でも」

小鹿が許した。

「すんまへんなあ」

一礼して、堺屋が座敷に入った。

「どうぞ、蔵《くら》さまも」

「では、遠慮のう」

堺屋の誘いに壮年の武士が姿を見せた。

「このお方は、播州赤穂《ばんしゅうあこう》の大石内蔵助《おおいしくらのすけ》さまでございまして、年に一度ほど大坂へお見えになられはりますねん。私とは新町の茨木屋《いばらき》で相客になりまして、それからのお付き合いをいただいております」

「大石内蔵助でござる。親の跡を継いだだけの非才でござるが、これを期によしなにお付き合いを願いたく」

「これはご丁寧なご挨拶をいただきました。拙者は大坂東町奉行所の同心山中小鹿でござる」

　小鹿も腰低く応じた。

「しかし、堺屋。なにも用意してないぞ」

　満足なもてなしができないではないかと、小鹿が文句を言った。

「気を遣ってもらうのは、気引けますよってな。持参してま」

　一度立った堺屋が廊下へ出て、風呂敷包みと一升徳利《いっしょうどっくり》を両手にして、戻ってきた。

「手回しのええこっちゃ」

　小鹿がため息を吐いた。

「お持たせで悪いが、さっそくいただこう」

　蓋を外された重箱に小鹿が手を伸ばした。

「先ほどのお話を聞かせてもらえますか」

　持参の盃に酒を手酌で注ぎながら、堺屋が尋ねた。

「門をかけないという理由か」

「へい」

「おもしろい話ではないぞ」

「いや、是非、拙者も伺いたい」

堺屋だけでなく、大石内蔵助も聞きたがった。

「酒の肴代わりに語るとするか」

勢いを付けるためとばかりに、酒をあおった小鹿が語り始めた。

「町方の与力、同心は東西合わせても百六十人ほどしかいない。これだけの数で、大坂の治安を守り、役目として定められた業務をおこなうのは困難をこえる。そこで、与力や同心はあるていどの越権を見逃す代わりに、町の顔役《かおやく》に十手《じって》を貸し与え、手下《てか》として遣う。これは知ってるやろ」

「存じてます」

「赤穂でも町奉行は同じことをいたしおるでの」

堺屋と大石内蔵助がうなずいた。

「人を遣うには、それなりの利が要る。直接に十手を預かっている連中はええ。賭場《とば》を見逃してもろうたり、縄張りの商家から出入り金を取ったりで、かなり裕福やからな。しかし、実際になんかあったときに走り回る手下たちは、そんなええ思いはでけへん。親分から小遣い銭をもらうのが精一杯で、まともに飯も喰えへん。まだ女房がいる奴はどうにかなるやろ。悲惨なんは独り者や」

「独り者の男は、まず自炊なんぞしまへんわ」

堺屋が首肯した。

「そやからな、御用聞きを遣っている与力、同心は、一日中潜り戸に鍵をかけず、出入り自在にしてるねん。玄関というほどやないけど、屋敷の出入り口の横に小部屋があったやろ」

「へえ、ございましたな」

「供待《ともま》ちであろう」

小鹿の話に堺屋と大石内蔵助が答えた。

あるていどの禄を得ている武家の屋敷には供待ちという小座敷があった。来客の供をしてきた家士や小者などが、主の帰りを待つところで、火鉢《ひばち》と鉄瓶《てつびん》、湯呑みが置いてあった。

「供待ちなんぞ、同心の屋敷にはないなあ」

小鹿が首を横に振った。

「ではなんのための小部屋でござろうか」

興味を持った大石内蔵助が問うた。

「そこに酒と冷や飯と、大鉢に菜をいくつか盛ったものを用意しておく。これを若い配下たちが空腹になると喰いに来る」

「なるほど、そのために戸を開け放している」

「不用心ではなかろうか」

堺屋が納得し、大石内蔵助が危惧を表した。

「ここをどこだと。周りは全部町奉行所の与力、同心の屋敷しかない。そんなところへ入る度胸のある盗人《ぬすっと》なんぞ、いねえわ」

どこでもそうだが、不浄職と蔑《さげす》まれるゆえか町方の役人は、矜持《きょうじ》が高い。万一、同心の屋敷に盗人が入ったら、それこそ他のすべての案件を放り出して、東、西の垣根を越えて探し出す。

さらにあくどいまねもする。

幕府は御定書《おさだめがき》百箇条で十両以上盗めば、有無を言わさず死刑と決めている。品物などは値打ちに換算する。

「これは十一両の値打ちがございまする」

町奉行所から委託されている目利きも、町方役人と一蓮托生である。それこそ、屁のような品物に、とんでもない値付けをする。

「死罪を申しつける」

町奉行も心得ている。

「目利きをやり直せ」

「恣意で法度《はっと》をゆがめるなど認められぬ」

下手に正義感を出せば、

「あれはどうなっている」

「鋭意探索をいたしておりまするが、なかなかに難しく」

「これをいたせ」

「あいにく、手一杯でございまして……新しいことをいたすにはいささか人手が足りませぬ」

町奉行が町方役人の意図を邪魔したのだ。それ以降、指図にしたがう配下はいなくなる。

それをわかっている町奉行も、盗人一人と己の出世を引き換えることはない。

「卒爾《そつじ》ながら、さきほどちらと見たところ、小部屋にはなにもなかったようであるが」

大石内蔵助が首をかしげた。

「しっかり見てやがるなあ」

小鹿が頬をゆがめた。

「見限られたのよ。左遷された拙者に付いていても旨味《うまみ》はないと、十手を返してきやがった」

「……申しわけござらぬ」

「そうでございましたか」

大石内蔵助と堺屋が気まずそうな顔をした。

「その阿呆《あほう》は、誰で」

堺屋が小鹿を見限った御用聞きの名を問うた。

「四《よ》つ橋《ばし》の角兵衛《かくべえ》だ」

「承りました」

聞いた堺屋が含みのある笑いを浮かべた。

四

話が一通り終わったところで、小鹿が大石内蔵助へ目をやった。

「で、赤穂のお方がなぜ大坂へ」

小鹿が問いかけた。

「挨拶でござる」

「……挨拶」

小鹿が怪訝な顔をした。

「ご本人からは言いにくいでしょうから……」

堺屋が口を挟んだ。

「淀屋へ借金の日延べを頼みにくるのでござるよ」

その堺屋を制して大石内蔵助が告げた。

「ああ」

すぐに小鹿は理解した。

全国の大名のうち、淀屋から金を借りていないのは、箱根以北で大坂と縁のない遠国の大名くらいである。つまり、大坂より西の大名はまず全員淀屋に借金をしていた。

「赤穂といえば浅野《あさの》さま。その浅野さまが淀屋から金を借りている。赤穂といえば塩が有名でかなりいい値で売られていると聞いておりますが」

堺屋と話すような口調とはいかない。小禄は上方の癖をできるだけ出さないようにして話した。

「恥ずかしいことでござるがの。当家の内情は火の車でござっての」

大石内蔵助が首を左右に振った。

「というのも先々代さまが、常陸国笠間《かさま》から播州赤穂へ移されたのが始まりでござる」

播州赤穂は織田信長《おだのぶなが》の乳兄弟池田恒興《いけだつねおき》の孫輝興《てるおき》が領していた。可もなく不可もなく藩政をおこなっていた池田輝興がなにを思ったのか、正保《しょうほう》二年（一六四五）三月十五日、妻と侍女数名をいきなり惨殺、幕府の咎めを受けて改易となった。

そのとき、主を失なって空城となった赤穂城の受け取りを命じられたのが、浅野内匠頭長矩《たくみのかみながのり》の祖父、長直《ながなお》であった。

「笠間を収められ、赤穂を賜《たまわ》る」

幕府は浅野長直に池田輝興の後釜を命じた。

「御上なりの褒賞でございましたのでしょう。表高は笠間時代と同じ五万三千石でございましたが、笠間は実高が表高を割り、実質四万石あるかないかであったそうで、瀬戸内の海に面し、温暖肥沃《ひよく》な赤穂は表高より実高が多い。そのうえ赤穂には名産の塩もある」

「栄転でございますか」

「参勤交代は遠くなりましたが、その分を勘案しても、浅野家の収入は増える」

加増の場合は軍役も増え、新たに家臣を集めなければならなくなるが、表高が同じであれば、実収入がどうなろうと軍役は変わらない。

「皆が一息吐けると喜んだのもつかの間、長直公が御上に願いをあげられた。赤穂の城は小さく、笠間に見劣りする。なにとぞ、新しき城を造らせていただきたくと」

「新城建造……」

小鹿が驚愕した。

幕府は諸大名の謀叛を怖れ、その拠点となる城の数を制限、一国一城令を発布し、本城以外の支城を破壊させた。それほど大名の統制を厳しくしている幕府が、新たな築城を許すとは思えなかった。

「なにがどうだったのかはわかりませぬが、赤穂城の新築が認められました。そうでなくとも笠間から赤穂への引き移りで金がかかるところに、築城とくれば、とても藩の収入ではやっていけるはずもなし、淀屋へ金子の用立てをお願いいたしました」

大石内蔵助が説明した。

「そいつはなんとも」

宮仕えの辛さは小鹿も身に染みている。

「借りたのはよろしいが、何分にも余裕のある財政ではございませぬ。借財の利払いだけで精一杯、とても元金には手が付けられず、節季ごとに拙者か筆頭家老のどちらかが、上方へ足を運び、淀屋に頭を下げております」

「ということは、大石どのは……」

「城代家老をいたしておりまする」

「……………」

小鹿が絶句した。

城代家老は藩主が江戸参府で不在であるとき、その代理をする重臣中の重臣である。いかに陪臣《ばいしん》といえども、同心では同席も難しい相手であった。

「ああ、お気遣いなく」

上座を譲ろうとする小鹿を大石内蔵助が制した。

「まあ、実際は淀屋へ頭を下げた後、新町で遊ぶのが楽しみでの。この堺屋とも新町で知り合ったような次第でござれば」

「えらいところでお目にかかりましたけど、みょうに馬合いになりまして、もうお付き合いも五年からになりますか」

「それくらいになるかの」

大石内蔵助が首を縦に振った。

「でまあ、山中さまにもご紹介をと思いまして」

「ありがたいが、とても城代家老どのと遊べるほどの身上《しんじょう》はないぞ」

小鹿がつきあいきれないと述べた。

「気になさるな。拙者は部屋住みのころ、上方に学問の修業をするために来ておりました。仕送りはありましたが、そうそう遊べるほどのものではなく、無理のやりくりをしておりましたので、囲ならば御の字でござる」

大石内蔵助が手を振った。

「まあ、今日のところはお顔合わせということで、色気はございませんが、男三人酒を酌み交わしましょう」

堺屋が陽気に言った。

目付の離任はあっさりとしたものであった。

他の役職ならば、離職のときには、世話になりましたという宴《うたげ》を開き、一同に酒食を提供し、土産《みやげ》も持たせる。

その代わり、接待を受けた者は、離職していった者の要請があれば、できる範囲で手伝う。

こういった相互扶助が、幕府役人の基本であった。

しかし、目付は違う。同じ目付同士でも、隙《すき》を見て蹴落とそうとするのだ。離職していった者など、ただの獲物でしかない。目付同士のときだったら、迂闊《うかつ》な手出しは手痛い反撃を喰らいかねなかった。その畏れがなくなる。

中山出雲守は淡々と大坂東町奉行の増し役に任じられたというだけの報告をし、同僚だった目付たちは、無言で見送った。

「大坂町奉行所か、いささか遠いの」

一人の目付が呟くように言った。

よほどのことがなければ、目付は遠国まで探索に出ない。これは誰を探っているというのがわかりやすいため、対策を取られてしまうだけでなく、己が江戸を空けている間に、足をすくわれるかも知れないからであった。

「江戸へ戻ってこられるかの」

別の目付も独り言のように口にした。

「帰ってくるならば、歓迎してやろうぞ」

「そうよな」

その場にいた目付たちが声なく笑った。

目付部屋を出た中山出雲守は、離任したことを老中首座土屋相模守へと報告するために上の御用部屋に向かった。

「お目通りを願いたし」

中山出雲守は御用部屋坊主に目付のときには賄と取られかねないので使えなかった白扇を渡した。

「ご多用につき、お目通りが叶うかどうかは……」

白扇を受け取りながら、御用部屋坊主が念を押した。

「承知しておる」

願い出て、すぐに老中と会えるのは、御三家、越前、会津《あいづ》などの親藩くらいであり、用があろうとも、いや、呼び出されたとしても、中山出雲守くらいでは小半刻（約三十分）は待たされた。

御用部屋は将軍御座の間に近い。いつでも将軍と政の相談が出来るようにとの配慮であった。それが貞享《じょうきょう》元年（一六八四）八月二十八日、ときの大老堀田筑前守正俊《ほったちくぜんのかみまさとし》が若年寄《わかどしより》稲葉石見守正休《いなばいわみのかみまさやす》に刺されるという刃傷《にんじょう》が起こったことで、将軍の身を案じた幕府の考えで御座は奥のお休息の間へと移された。

たしかに御用部屋には、老中に用や嘆願のある役人、大名、旗本らが集まってくる。そこから幾ばくの間も離れていないところに、将軍がいては不安ではある。

だからといって、政の中心から将軍を遠ざけるには思惑があった。

四代将軍家綱は、ほとんど政に興味を持たなかった。

「よきようにいたせ」

政を大老酒井雅楽頭忠清《さかいうたのかみただきよ》に任せた。

結果、初代家康《いえやす》以来三代続いた将軍親政は途絶《とだ》えた。

思うがままに天下を動かす。

これほど魅力のあることはまずない。

「このようにいたせ」

御用部屋が新たな法度を作るたびに、民が笑いもし、泣きもする。

「なにをいたしておるか」

老中が叱ると、百万石の前田でも、天下最強の兵を抱えるという島津でさえ、震えあがる。

権とは甘美なものでもある。

「止められぬ」

人というのは、一度旨味を知ってしまうと忘れられない。

しかし、将軍代替わりがあれば、話は変わってしまう。大老や老中は現将軍の信任で成り立っている。つまり将軍が替われば、執政の衆も交代するのが常であった。

もちろん、代替わりと同時に、御用部屋全員を入れ替えていては、政が止まってしまう。経験豊かな執政を数人残し、新しい者どもを鍛えさせる。そして、新任の者が使えるようになったら、古い執政は退任させられる。

四代将軍家綱のときに辣腕《らつわん》を振るった酒井雅楽頭は、五代将軍綱吉になったときに辞めている。その跡を継いだのが堀田筑前守であった。

「将軍親政を復活させる」

五代将軍綱吉は、兄家綱のやり方を否定した。

「承りましてございまする」

五代将軍綱吉誕生に尽力した堀田筑前守は老中から大老へと引きあげられ、その施政を助けた。

新しい将軍の政は綱吉の意思で動き始めた。

それが狂った。

まず、綱吉の股肱《ここう》の臣で御用部屋を支配していた大老堀田筑前守が、殿中《でんちゅう》刃傷という形で排除された。そして、将軍と御用部屋を引き離した。

「淀屋もその一手やも知れぬの」

目付というのは裏の裏を見られて、はじめて一人前である。

老中首座の土屋相模守がなにを考えているか、中山出雲守は見抜こうとしていた。

「お見えになりまする」

中山出雲守の予想を裏切って、すぐに御用部屋坊主が戻ってきた。

「まことか。それはありがたし」

あわてて中山出雲守が、廊下に正座した。

「目付を辞したか」

御用部屋を出てきた土屋相模守が、挨拶もなしに問うてきた。

「はっ」

「いつ江戸を発《た》つ」

応じた中山出雲守に土屋相模守が続けて訊いた。

「大坂町奉行所から迎えの者が参り次第、出立をいたしまする」

「迎え……」

中山出雲守の答えに土屋相模守が怪訝な顔をした。

「迎えと申しまするは、前任の保田美濃守どのによりますと……」

新しい役目に就くとなれば、あらかじめ経験者から、赴任にはどのような準備がいるか、任へのあたりかた、注意すべきことがらなどを教わっておくのが心得であった。また、経験者は、後進の求めにていねいに対応するのが決まりごとであった。

「大坂までの道案内じゃと」

聞いた土屋相模守政直があきれた。

「わざわざ大坂から迎えに来ると申すか」

「のようでございまする。なにやら、慣例だそうで」

「無駄である」

述べた中山出雲守に土屋相模守が断じた。

「なれば……」

「仕度《したく》を調《ととの》え次第、出立いたせ」

「承知いたしましてございまする」

老中首座の命令は絶対であった。

中山出雲守が従うと応えた。

「では、これにて」

用がすみ次第、多忙な老中から離れるのが常識である。一礼して去ろうとした中山出雲守を土屋相模守が止めた。

「待て」

「なにか」

もう一度、中山出雲守が膝を突いた。

「他言無用である」

土屋相模守が声を潜めた。

「心得ておりまする」

すぐに中山出雲守が首肯した。

「大坂城代の土岐伊予守だがの。あやつをこれ以上の出世はさせぬ」

「…………」

驚いても声を出さず、黙っているのが役人としての出世の方法であった。

「あやつはお役をおろそかにした。結果、大坂に大きな被害を出し、御上はその復興に金を遣う羽目になった」

土屋相模守が厳しい顔をした。

「その不始末の責任を土岐伊予守はとっておらぬ。金を御上に返したわけでもなく、職を辞したわけでもない。執政になろうとする者がこれでは、世間からの風当たりが厳しい。また、執政になろうという者は、己の言動に責任を持たねばならぬ。でなくば、民は政を重んじぬ。いつでも死ぬ覚悟で政にあたってこそ、天下の執政」

「見事なるお覚悟でございまする」

中山出雲守が称賛した。

「当然のことじゃ。老中はそのためにある。御上が出した法度にまちがいがあってはならぬ。しかし、神ならぬ身がすることじゃ。千に一つ、万に一つは正しからぬときもあろう。このとき、公方さまに非難が及ぶことは許されぬ。なにかの折りには、我らが責を負うことで公方さまをお守りする。これこそ執政の役目、真の姿であらねばならぬ」

「…………」

そこに将軍親政への不満を見た中山出雲守は無言で流した。

「その覚悟が土岐伊予守にはない」

土屋相模守が土岐伊予守を切って捨てた。

「執政に届かぬ心根《こころね》だと己で気付けば、大坂城代を終《つい》の棲家《すみか》として粉骨砕身《ふんこつさいしん》いたすであろう。だが、あやつのなかには、吾こそ老中にふさわしいという思いがある」

「なにをいたせばよろしいのでしょうか」

中山出雲守がはっきりとした指示を求めた。

「……………」

黙って土屋相模守が中山出雲守を見下ろした。

「言わねばならぬか」

土屋相模守が低い声を出した。

「いえ」

中山出雲守が首を横に振った。

ここで聞き直すようであれば、土屋相模守は中山出雲守を見捨てる。政にかかわる役目の者たちには以心伝心ではないが、口にしなくても用件が伝わらねばならないのだ。こうすることで老中は責任を取らずにすむ。

「うむ。そなたに任せる」

土屋相模守が満足そうに言った。

「一つだけお教え願ってもよろしゅうございましょうか」

とはいえ、このまま引き下がっては、齟齬《そご》があったときに大きな被害を被《こうむ》ることになりかねない。

中山出雲守が土屋相模守を見上げた。

「なんじゃ」

「大坂城代たるにふさわしきお方は、おられましょうか」

許しを得て中山出雲守が尋ねた。

「ふん」

土屋相模守が鼻を鳴らした。

「譜代大名には、それぞれの役目にふさわしい者がおる。それこそ、何人、何十人とな」

「畏れ入りまする」

土屋相模守の言葉に中山出雲守は平伏した。

第三章　色里の内外

一

大石内蔵助は十日ほどで赤穂へ帰るという。

「なら、一度新町で遊びましょう」

堺屋が音頭《おんど》を取って、一夜の遊びをすることになった。

「私の知っている茶屋でよろしゅうございますか」

「茶屋となると、囲だな。拙者はありがたいが、大石どのはよろしいかの」

囲は端より上というだけの遊女である。公家《くげ》の姫をも凌駕《りょうが》する教養、たぐいまれなる美貌を誇る太夫はもちろん、そのすぐ下で教養あるいは美貌で太夫に劣る天神よりも、格落ちであった。

「若いときは端を買ったこともござれば」

大石内蔵助が手を振った。

「ならば、報せを入れておきましょう」

茶屋にいつ行くと言っておかねば、いい座敷はもちろん、下手をすれば満席で断られることになりかねない。

堺屋が手配一切を請け負った。

「すまぬの」

「ご手配感謝」

当日、三人は新町東大門で待ち合わせた。

「どうぞ、こちらへ」

堺屋が微笑みながら、茶屋へ案内した。

「お馴染みさんは」

「儂はござらぬ。かつてはおりましたが、十年から前のこと」

訊かれた大石内蔵助が手を振った。

「拙者もないな」

小鹿も首を左右に振った。

「ならば、こちらもお任せで」

堺屋が手を叩いた。

「へえ、お呼びでっか」

茶屋の男衆が顔を出した。

「妓《おんな》を呼んでおくれ。私にはいつもの小常《こつね》を。あとはこちらのお二方にふさわしいのを頼むよ」

「へい」

男衆が頭を下げて背を向けた。

「大丈夫か」

一夜妻とはいえ、いい女であって欲しい。

小鹿が心配した。

「ご懸念には及ばずでございまする」

堺屋が笑った。

「町方の旦那、そして身形《みなり》から見て裕福なお武家の大石さま。このお二人に妙な妓を宛《あて》がえば、この私の顔に泥を塗ることになりまする。さらに山中の旦那のご機嫌を損ねては、それこそ大事」

「ここは御免色里だぞ。一町方同心がどうこうできるかいな」

思わず小鹿の素が出た。

幕府が直接許可を出したのは、大坂の新町、京の島原、江戸の吉原の三遊郭だけであり、その権威は強い。一応、町奉行所の管轄にはなるが、歴代の町奉行は誰も御免色里に手を出さなかった。

というのは、御免色里には町奉行所の手入れが入らない。幕府の認可のない私娼を集めた岡《おか》場所だとときどき町奉行所の検《あらた》めが入り、遊女の上で腰を振っている状態で見世から放り出されることもある。

御免色里にはそれがない。安心して遊べるのだ。当然、岡場所で恥をさらすわけにはいかない大名、旗本、名だたる商人が御免色里へ来る。もし、そのとき町奉行所が御免色里に何かしでかしたら、そういったお偉いさんが黙っていない。

「あのような……」

大名、旗本、豪商といえば、老中や大坂城代、京都所司代と親しく話が出来る。そのときに町奉行の名を出して、迷惑を被ったと言われては困る。

結果、町奉行はなにもしない。奉行がしないのに、配下たちが迂闊なまねをするはずはなかった。

「そういうものかの」

大石内蔵助が感心したように首を縦に振った。

「まあ、私の顔を潰せばどうなるか、ここの連中は知ってますよって。さあ、妓どもが来るのをぼおっと待っているのも間抜けな話、先に始めてましょう」

堺屋が笑って宴の開始を告げた。

「おおきに」

「お呼びいただきありがとうございます」

「ようこそ」

小半刻もしない間に妓が三人現れた。

「小常、こちらのお二人は、大事なお方だからね。頼んだよ」

横に付いた妓に堺屋が釘を刺した。

新町遊郭は夜通し遊べる。もちろん、泊まりも問題なかった。

しかし、武士には門限があった。

旅をしている最中ともいえる大石内蔵助に門限はないが、小鹿は子《ね》の刻を過ぎる前に組屋敷へ帰っておかなければならなかった。

本来門限は日が暮れるまでであるが、町の治安を担う町奉行所にそぐわない。かといって、野放図にすると他の役人たちの嫉妬を買う。ということで、役目での出場でない町奉行所同心は日付が変わる前に屋敷へ戻るべしとなっていた。

「すまんなあ」

機嫌良く遊んでいた堺屋と大石内蔵助も小鹿に合わせて、茶屋を出てくれた。小鹿は、申しわけなさそうに詫びた。

「帰らねば、宿賃が無駄になり申すでな」

大石内蔵助が笑いながら、

「私も明日の商いがございますので」

堺屋も気にしていないと手を振った。

「それより、なかなかおもしろうございましたな」

大石内蔵助が満足そうに言った。

「酒も肴もなかなかでござった」

小鹿も同意した。

「妓もさすがに大坂新町。堪能《たんのう》仕った」

「それはようございました」

楽しげな大石内蔵助に堺屋が微笑んだ。

「…………」

「おや、妓がお気に召しませんでしたか」

堺屋が小鹿の様子に気付いた。

「いや、いい女だったぞ」

「ほな、どこにご不満が」

首を横に振った小鹿に堺屋が訊いた。

「馴染みになる気が起こらへんねん」

堺屋相手のせいか、小鹿がいつものように応じた。

馴染みとは、二回以上通うことを言う。茶屋としても定期的に通ってくれる客はありがたい。見世によっては数回通っただけで、名入りの箸《はし》や茶碗を用意してくれる。なかには浴衣《ゆかた》をしつらえてくれるところもあった。だが、毎回違う妓を呼ぶ客は、大事にしてくれない。茶屋が伝手《つて》のある妓には限界がある。毎度違う妓を求める客は、一巡りしたら来なくなる。新町であろうが、吉原であろうが、遊里で楽しく遊ぼうと思うならば、どこかに馴染みを作るべきであった。

「……信用できまへんか」

堺屋の声が低くなった。

「信用なあ……」

小鹿が嘆息した。

「なんのお話でございましょう」

一人事情を知らない大石内蔵助が困惑した。

「たいしたことではござらぬ。妻に間男をされただけで」

「それは……」

あっさりと語った小鹿に大石内蔵助が絶句した。

「帰りましょう」

気まずくなった雰囲気を消すように、堺屋が促した。

見世を出て東大門を潜れば、日本橋大国町《にっぽんばしだいこくちょう》の宿屋に泊まっている大石内蔵助は南へ、小鹿は天満の組屋敷へ戻るため北へ行く。堺屋は大石内蔵助を宿まで送ってから帰ると言った。

「では、ここで」

「今宵は楽しゅうございました」

東大門を出て、立売堀川《いたちぼりがわ》にかかる橋を渡ったところで、三人が足を止めて挨拶をしていた。

「お付き合いをいただき……」

「うらやましいことでござるのう。ご一同」

「まことに。我らのように今宵の塒《ねぐら》もない者もおるというに、酒を呑み、妓の脂粉の香を嗅いできたとは」

「武士は互い身と申すとやら。ちと合力《ごうりき》を願うのはいかがかの」

「それはよいな。遊女に払う金があるならば、我ら雌伏《しふく》のときを過ごす武辺者にいくばくかの合力をするのは、当然であろう」

橋を渡ったところでたむろしていた浪人たちが絡んできた。

「止《や》めとけ」

小鹿が後ろ帯に挿していた十手を取り出した。

「ほう、町方か」

「町方は我らに手出しできぬはずじゃ」

十手に気付いた浪人の二人が嘲笑を浮かべた。

「浪人は町奉行所の支配である」

小鹿が強い語調で告げた。

「はて、我らを浪人だと申すか」

一人の浪人が歯を見せて笑った。

「どうみても浪人であろう」

小鹿が応じた。

「違うな。藩の名前ははばかるが、拙者は奥州のとある家中の者である」

「同じく、奥州のとある藩に仕えておる」

「九州筋の大名家に属しておる」

「北国の……」

四人の浪人がうそぶいた。

「偽りを申すな。罪が重くなるぞ」

小鹿が怒鳴りつけた。

「ならば、確かめてみるか」

「………」

藩名を明かさないのに、そこに所属しているかどうかなど調べようもない。

「偽りでなければ、どこの家中かを語れ」

そこがわからなければ、物事は進まない。小鹿が要求した。

「武士の情けを知らぬ奴よなあ」

浪人の一人が笑った。

「こういうときは、黙って受け入れればよいのだ」

別の浪人があと追いをした。

「くっ」

小鹿が呻いた。

大坂に蔵屋敷を持つ大名ならことは早かった。

名前さえ分かれば、問い合わせるだけですぐに藩士かどうかが知れる。

しかし、大坂に縁《ゆかり》のない大名だと、領国あるいは江戸まで問い合わせをかけなければならなくなった。

どう見ても小汚い浪人でしかないが、そう言われると身動きが取りにくくなる。これも町方役人の性《さが》であった。

「ふふふ、手出しできまい」

歳嵩に見える浪人が笑った。

「さて、では、合力を願おう。そちらの御仁、見事なお身形から拝察するに、かなり御大身であろう。今身につけているものをすべてくださっても、屋敷に戻ればそれくらいどうということもござるまい」

背の高い浪人が大石内蔵助ににやりと笑いかけた。

「そっちは商人か。おまえたちを守ってやっているのが我ら武士である。その冥加《みようが》を思い、懐《ふところ》にある財布を献上せい。嫌だなんぞと申したならば、その首が胴と泣き別れになるぞ」

小柄な浪人が堺屋を脅した。

「山中さま」

堺屋が呆《あき》れた顔を見せた。

「いかがかの、山中どの」

大石内蔵助の顔から表情が抜けていた。

「その言動、野盗、集《たか》りの類いでござる。降りかかる火の粉は払うが常」

小鹿が十手をあらためて構え直した。

「こちらのほうが人数は多いぞ。痛い思いをするだけだというのがわからぬのか。やれ、修羅場を潜っておらぬ輩《やから》はこれだからの」

歳嵩の浪人が苦笑した。

「飯田《いいだ》氏《うじ》、ちょうど川もござる。後始末には困りませぬな」

背の高い浪人が歳嵩の浪人に話しかけた。

「やってしまおうぞ」

小柄な浪人が歯を剝いた。

「来るか。お下がりあれ」

町方役人としての矜持がある。すっと小鹿は大石内蔵助と堺屋の前に出た。

「犬風情が、出しゃばりおって」

飯田と呼ばれた歳嵩の浪人が太刀を抜いた。

「おう」

合わせて他の浪人たちも抜刀した。

「抜いたな」

小鹿が口の端を吊りあげるように笑った。

藩士といえども刀を往来で抜くことは御法度になる。少なくとも町奉行所へ連行され、その身分氏名、抜刀に至った理由を質《ただ》される。

「何々藩の某《なにがし》である。委細あれば、藩邸まで来い」

町方役人の手出しを嫌うというならば、はっきりと身分を明かし、藩邸まで同道しなければならない。

「ちっ」

小柄な浪人が舌打ちをした。

「かまうことはない。いつものようにすればいいだけだ」

飯田が仲間に声をかけた。

「いつものようにだと。おまえら、辻斬り強盗か」

小鹿が声を荒らげた。

江戸は武家の町だけに、斬り取り強盗は出にくい。相手が武士の場合は斬り合いになるからだ。また、町奉行所だけでなく、大番組《おおばんぐみ》や火付盗賊改方《ひつけとうぞくあらためかた》などの見廻りもあるし、大名家が独自に設ける辻番《つじばん》もある。

それに比して大坂は商人の町であるため、武家の数も少ない。大坂城代の配下に番士はいるが、役目は大坂城の諸門の警備であり、城下のことまでは手出ししない。

また、藩士の数も江戸に比べると少ない。いても蔵屋敷勤めの武士は、算盤が使えることこそ肝心で、剣術なんぞ習ったことがあるというていどなのだ。

さらに大坂は裕福な商人が多い。ちょっとした商人なら、外出には供を連れているが、それでもせいぜい二人から三人、それ以上の数で襲えばあっさりと倒せる。

大坂は斬り取り強盗が出やすい条件が揃っていた。

「くっ」

飯田が口のなかで嗤った。

「てめえ、何人やった」

「両手では足りんな」

「獄門首《ごくもんくび》め」

強盗で人を殺せば、磔《はりつけ》獄門と決まっていた。

「ちゃああ」

飯田との遣り合いを隙と見たのか、小柄な浪人が甲高い気合い声をあげて、斬りかかってきた。

「阿呆が」

油断なんぞしていない。

小鹿は振り落とされた太刀に十手を合わせた。

十手は鉄棒に銀鍍金《ぎんめつき》を施したもので、どれほど切れる刀であろうが、名人上手であろうが切断することはできなかった。

ぶつかり合った十手と太刀は一瞬の釣り合いを見せた。

小鹿がわずかに十手を傾けた。小柄な浪人の太刀が十手に沿って滑り、柄元《つかもと》の鉤《かぎ》にはまった。

十手の鉤は、指を少し曲げたような形で本体に取り付けられており、ここに着物をまきこんで捕まえたり、手首を挟み込んで関節を決めたりする。だが、手練《てだ》れの十手遣いが用いれば、はめこんだ太刀を手首の返しだけで折ることができた。

「……えっ」

刀身の半分近くで折られた小柄な浪人が啞然となった。

「たあ」

そこを小鹿は見逃さなかった。

十手を少し持ちあげて、動きの止まった小柄な浪人の首筋を打った。

「きゅう」

妙な苦鳴を漏らして小柄な浪人が崩れた。

「鞘木《さやき》……こいつっ」

背の高い浪人が激した。

「落ち着け、笹《ささ》」

「ふん」

飯田が宥《なだ》めたが、頭に血が昇った背の高い浪人はそのまま小鹿へ体当たりをしてきた。

「なめるな」

大きな身体を利用したつもりだろうが、小鹿から見れば腰高の不安定な体勢でしかない。待ち構えるように足を固定して、十手を突き出した。

「ぎゃああ」

真正面からぶつかってきた背の高い浪人の胸の真ん中に十手が刺さった。

「そりゃあ」

小鹿が背の高い浪人の身体に、相撲《すもう》のぶちかましに似た形で右肩をぶつけた。

「一気にやってしまうぞ」

「ああ」

小鹿が背の高い浪人に取りかかっている間に、飯田と残る一人の浪人が、回りこむようにして大石内蔵助と堺屋に向かった。

「下郎《げろう》、推参」

先ほどまでの酔いを含んだ柔らかい声とはまったく違った重い気合いを大石内蔵助が吐き、太刀を抜き撃った。

「…………」

飯田が袈裟《けさ》懸《が》けに斬られて崩れた。

「あわっ」

堺屋に向かいかけていた最後の浪人が、飯田の死にざまに呆然として足を止めた。

「他人を襲うには、まだまだじゃ」

滑るように近づいた大石内蔵助が、最後の浪人の喉にゆっくりと切っ先を突っこんだ。

「……っ」

息を漏らすこともできず、最後の浪人が死んだ。

「お見事でござる」

大石内蔵助の鮮やかな太刀さばきに、背の高い浪人を蹴り飛ばして離した小鹿が感心した。

「いや、お恥ずかしい。久しぶりに太刀を遣ったので、いささか動きが甘《あま》うございました」

称賛された大石内蔵助が照れた。

「いや、かなりの腕と拝見仕った。失礼ながら、何流をお学びに」

小鹿が流派を問うた。

「東軍流《とうぐんりゅう》でございまする。奥村無我《おくむらむが》先生のもとで道筋を付けていただいただけでござる」

大石内蔵助が謙遜した。

「奥村先生……下寺町《したでらまち》の」

「ご存じでございますかな」

口にした小鹿に、大石内蔵助がうれしそうな顔をした。

「ご高名な剣客でござれば」

小鹿がうなずいた。

剣術を始め、槍術、弓術などの武芸道場には町奉行所が目を付ける。ほとんどがまともな修行場だが、なかには剣術道場を隠れ蓑《みの》にした無頼の巣もある。そういったところは、博打場になったり、女を掠《かす》めてきたりと碌《ろく》なことをしない。

「かなり修練をなされた」

「家老に剣術は不要な世ではございますがな。剣術修行という名目で上方へ出してもらいました。当家は先々代が大坂の陣で手柄を立てて、家老に引きあげていただいたというのもあり、武術を身につけるべしという家訓がござるゆえ」

問うた小鹿に大石内蔵助が苦笑した。

「家老に剣術は要らぬとの仰せでござるが、藩士たちの模範となるべきには……」

「藩士たちの前で剣を振るうことなどございませぬよ。主君は武術より火消しに心を傾けられておりまする」

「聞いたことがござる。浅野内匠頭さまは、火消しの名手だと」

小鹿が首肯した。

江戸は火事が多い。大坂も少なくはないが、江戸は桁が違う。そこで幕府は定火消《じょうびけし》を設けたが、不足するぶんを大名家に命じた。これを大名火消しといい、六万石以下の大名が任じられ、一万石につき藩士三十人を火事場へ出した。

「御上信頼の証、名誉である」

この大名火消しに浅野内匠頭は傾倒し、厳しい鍛錬を藩士たちに課した。「浅野が出たから大丈夫」と違《ちが》い鷹《たか》の羽《は》の紋を染め抜いた火消し装束《しょうぞく》を見た民は、そう言って安堵したほどであった。

「ということで家老に剣術は無用の長物」

大石内蔵助が手を左右に振った。

「元禄の世、家老に要りようなものはひとつ。剣術でも算勘でもござらぬ。ただ、金を貸してくれる商人や大庄屋に頭を下げることでござる」

皮肉げな顔を大石内蔵助が見せた。

「商人に頭を下げることと言われるか」

「左様でござる。昨今の商人たちも勘定方の頭くらいでは納得してくれませぬのでな」

「ご主君どのは」

大坂東町奉行所の同心である小鹿は、淀屋の前に参勤交代途中の行列が止まり、藩主が挨拶をしている姿を何度となく見ていた。

「殿はご矜持が高くあらせられて」

大石内蔵助がますます苦い顔をした。

「それで大石どのが……」

小鹿が同情の感情を言葉に載せた。

「こやつらはいかがいたしましょう」

のんびり話をしている場合ではないと、堺屋が口を挟んだ。

「こちらでいたしましょう。一人目の浪人は気を失っているだけでござる。あやつを責めれば、今までの悪事も知れましょう」

「ご同道せずとも」

「かまいませぬ。そのあたりはうまくごまかしましょう。さあ、お行きなされ。堺屋、頼むぞ」

「へい」

気にする大石内蔵助を抑え、小鹿は堺屋に預けた。

「……お気遣いに感謝を」

太刀に拭《ぬぐ》いをかけた大石内蔵助が堺屋を伴って、夜の闇へと溶けこんでいった。

「新町から人を出してもらって、奉行所まで報せに行ってもらうしかないな」

さすがにこのまま放置して、東町奉行所まで報告に行くわけにはいかなかった。騒ぎに気付いて新町から顔を出した男衆に奉行所への報せを頼んだ小鹿は東町奉行所からの応援が来るまで、この場で待つことにした。

「……そういえば、堺屋は声さえ震えてへんかったな」

橋を戻りながら、小鹿が目つきを鋭いものにした。

大坂町奉行所の月番は、幸い東町であった。これが西町だと、東町奉行所の与力、同心から小鹿が責められた。

「西町に手柄をくれてやるとは、なんとも心の広いことじゃの」

小鹿は東町奉行所でいない者扱いを受けている。それが、嫌がらせの言葉を浴びせられる。そうでなくとも居辛いのに、嫌われてはより酷《ひど》い状況になる。

「山中」

最初に駆けつけてきたのは、廻《まわ》り方《かた》同心の定岡《さだおか》鋳介《いすけ》であった。

「おう」

小鹿は軽く手を上げて応じた。

「こいつらか」

「ああ。この橋を渡るなり襲いかかってきた」

確認をする定岡鋳介に小鹿がうなずいた。

「おい、提灯をもっと寄せろ」

定岡鋳介が、連れてきていた御用聞きに命じた。

「…………」

手早く死体を検めた定岡鋳介が小鹿を睨んだ。

「殺したな」

「一人はやったというか、せざるを得なくなった」

「たしかに数が違うが、できるだけ生かして捕らえるのが、町方の役目だろうが」

定岡鋳介が理由を理解したが、それでも文句を重ねた。

「まちがえてくれるなよ。拙者がやったのはこいつだけで、そっちの二人は仲間割れだ」

言いながら、小鹿は刀を定岡鋳介に差し出した。

「検めろ」

「うむ」

受け取った定岡鋳介が小鹿の太刀と脇差を順に抜いて、血ぐもりがあるかどうかを確かめた。

「返す」

問題がなかったと定岡鋳介が両刀を小鹿へ返した。

「八《や》ノ助《すけ》」

「旦那、死体の太刀に血脂《ちあぶら》みたいなもんが付いてまっせ」

八ノ助と呼ばれた御用聞きが告げた。

「一人は生かしている。そいつに事情は訊いてくれ。どうやら、斬り取り強盗を何度か繰り返していたらしい」

「ほう……こいつらか、強請集《ゆすりたか》り」

小鹿の話に定岡鋳介がもう一度倒れている連中を見た。

「殺して川に流したとも言っていたな。そこに倒れている飯田とかいうのが、自慢げに語っていたわ」

小鹿が付け加えた。

「そうか。八ノ助、戸板《といた》と薦《こも》を用意いたせ」

「へい」

ここで調べることはもうないと、定岡鋳介が撤収の指示を出した。

「もうええな」

疲れたとため息を吐きながら、小鹿が尋ねた。

「今夜はもう出るなよ」

「わかってる」

念を押された小鹿は、手をひらひらとさせながら、現場を離れた。

「旦那……」

声が届かないほど小鹿が離れたところで、八ノ助が定岡鋳介に近づいた。

「すさまじい技やな」

「まったく」

定岡鋳介が感心し、八ノ助が同意した。

「気に入らんなあ」

「……………」

呟くような定岡鋳介の一言に八ノ助が、無言で同意を示した。

「これだけの技を持っている浪人がいないとは言わへんが……それが二人も揃ってい
て、うまい具合に山中を襲ったときに仲間割れをする。そうつごうのええことなんぞ
あるか」

「ないとは言い切れまへんけど、箕面瀧安寺《みのおりゅうあんじ》はんの富《とみ》が当たるよりは、珍しいでっ
せ」

疑問を口にした定岡鋳介に、八ノ助が比喩《ひゆ》を使って首を縦に振った。

「こいつらが人斬り浪人でなかったら大事やが……どうせ、三尺高い木の上に首晒《さら》さ
れるような連中や。世間がちょいとましになったと思えばすむけどなあ」

定岡鋳介の歯切れは悪かった。

「手下《てか》に見張らせまひょか」

「そうしてくれ」

小鹿の動向を調べようかと言った八ノ助の提案に定岡鋳介が乗った。

二

中山出雲守は四月五日、五百石の軍役に等しい侍二人、甲冑《かっちゅう》箱持ち、草履取りなどの小者六人を連れて江戸を出た。

本来ならば、大坂東町奉行所から出される迎えを待つのだが、老中首座の土屋相模守から動きが遅いと言われたことを無視するわけにはいかなかった。

「途中で合流することになろうな」

駕籠のなかで中山出雲守は独りごちた。

「されど……」

中山出雲守が口をゆがめた。

「慣例を守るべしと考えている連中は怒ろうな」

役人は慣例と前例に守られている。

「決まりでございますれば」

慣例に従い、

「そのようなお指図は……前例がございませぬ」

前例を盾にすれば、上役の命でも拒めるからだ。

「やれ」

それを強行して成功すれば、

「お手柄でございまする」

新たな前例が出来たと下僚は満足する。

「あれほどお止めいたしましたものを」

失敗したときは、下僚たちが責任を押しつけてくる。

これが下僚の生きかたであった。

「仕方ないの。余の役目は淀屋を潰すこと。いや、金さえあればと思いあがっている上方の商人どもに痛い目を見せること」

中山出雲守が独りごちた。

和田山は定岡鋳介から報告を受けていた。

「……そうか。生き残りが吐いたか」

最初に小鹿の一撃を首筋に喰らった小柄な浪人が、町奉行所の責め問いに耐えきれず、すべてをしゃべっていた。

「はい。ただ、飯田という頭領格ともう一人の浪人があの場で仲違《なかたが》いする理由はないそうでございまする」

定岡鋳介が付け加えた。

「それはもういい」

和田山が手を振って、定岡鋳介を制した。

「大坂の敵が四人消えた。今回のことはそれでいい」

「…………」

「不満か」

「……いささか」

和田山に言われた定岡鋳介が認めた。

「迂闊に調べて、もし浪人二人の死に山中がかかわってたとわかったら、東町奉行所の名前は地に落ちるぞ。山中以外が殺したとして、それをかばっている場合も同じ。もし、そやつが大坂城代さまの配下であったらどうなる」

「ですが、人斬り浪人であろうとも町方の者が死なせるか、死なせるのを見過ごしたというのは問題でございましょう」

廻り方という大坂の治安を守る定岡鋳介にしてみれば、我慢できない。

「そうか。ならば好きにせい。儂は止めた」

これ以上小鹿とかかわるのはまずい。きつく当たれば、娘のことの報復と取られ、かばえば和田山が小鹿に引け目を感じていると言われる。

「えっ……」

筆頭与力の後押しを求めたら見捨てられた。和田山に切り捨てられた定岡鋳介が呆然とした。

「もし、あの人斬りどもを大坂城代さまの番士が討ち取ったとして、それを我らは咎めるのか」

和田山が問うた。

武士は町奉行所の管轄外である。ましてや幕臣となれば、とても話にならない。

「事情だけでも聞かせて……」

「町奉行所が頼りないから、我らが出張ったと言われたらどうするつもりだ」

まだ頑張る定岡鋳介に和田山が険しい目を向けた。

「役立たずとお奉行さまが罵《ののし》られたも同然。お奉行さまは切腹して御上へ言い訳せねばならなくなろう。そうなったとき、そなたはどうなる」

和田山が定岡鋳介を叱りつけた。

「…………」

定岡鋳介が黙った。

「わかったな」

「……はい」

もう一度和田山が釘を刺し、定岡鋳介ががっくりとうなだれた。

「ご苦労であった。お奉行さまへの報告は廻り方与力からさせよ」

迂闊なことを口にしかねない。和田山は手柄を立てたときの慣例である、本人から町奉行への報告を遮《さえぎ》った。

「そんな」

定岡鋳介がなんともいえない顔をした。

直接町奉行へ報告するほどの手柄を立てれば、それなりの褒賞が与えられた。

町奉行は基本として与力、同心の人事に介入しないので、定岡鋳介を勘定方とか、証文方へ異動させることはできないが、かといってなにもしないと配下の与力、同心の士気があがらなくなる。

「酒でも呑め」

ほとんどの場合は御手元金から、一両、三両という金を与える。

一両なんぞ、大坂町奉行所の与力、同心からしてみれば端金《はしたがね》であるが、くだされ金をもらったという名誉は大きい。

「よくやった」

直属の上司である廻り方与力からは称賛され、

「見事よなあ」

同僚の同心からは一目置かれる。

「このたびは、お手柄だそうで」

さらに話を聞き伝えた商人たちが祝いを持ってやってくる。

「おかげで安心して、夜歩きが出来ますわ」

さすがに淀屋は来ないが、大坂でも名だたる商家からの祝いとなると、町奉行からもらうくだされ金とは桁が違う。

「うちの娘をもろうてくださいまへんか」

うまくいけば、裕福な町人の娘を嫁に出来る。そうなれば、将来も安泰であった。

そのすべてを捨てろと和田山は命じたのだ。定岡鋳介が不満に思ったのも当然であった。

「近々、普請方同心の席が空く。そこに行くか」

「と、とんでもないこと」

和田山の最後通告に定岡鋳介が首を繰り返し左右に振った。

「儂が覚えておいてやる。それで我慢せい」

「筆頭さまが……はい」

妥協として将来の人事で便宜を図ってやると和田山が言い、定岡鋳介が喜んで了承した。

「……まったく」

定岡鋳介を追い出した和田山が、嘆息した。

「馬鹿なまねをせねば、今回のことは大手柄としてお披露目できたものを」

一人になった和田山が小鹿が娘に恥を搔かせたことを思い出してぼやいた。

「傷物を同心ごときに押しつけたとか、安売りをしたとか、散々陰口をたたいた連中を見返してやれたものを」

斬り取り強盗の一件を小鹿の手柄に出来れば、その義父である和田山の名前もあがる。

「山中の能力を見抜いていた」

「さすがは筆頭どのじゃ。人を見る目がある」

陰口が称賛に代わった。

「それでも儂に悪意を持つ者はおるだろうが、数さえ減らせばどうにでもできる」

与力、同心の人事を和田山は握っている。

悪意を持つ者が多いときに下手を打つと、それこそ袋だたきに遭い、和田山が筆頭与力の座を降りなければならなくなる。

しかし、敵の数が減れば、個別に撃破していけばすむ。

「左遷先はいくらでもある」

滅多にないが、町奉行所の与力、同心は江戸や京都へ異動になることがあった。

過去、片手の指どころか、一度か二度しかないが、有能な者は江戸へ引き抜かれていき、無能な者は下田《しもだ》奉行所や佐渡《さど》奉行所などへ飛ばされた例があった。

「それもこれも、あの男のせいで」

和田山の怒りは娘を籠絡《ろうらく》した隣家の三男坊に向けられた。

「あやつももう少し気遣いをすればよかった」

結局、最後は小鹿に戻る。

「とはいえ、惜しい」

悪い評判が付いていなければ、町奉行所筆頭与力の娘だ。同じ町奉行所与力なら十分、大坂城代の配下として在坂している番士はもとより、うまく運べば淀屋の一門にも嫁入りさせられた。

その娘を格下の同心の家へ出さなければならなくなった。

「あいにく、当家は約束した相手がございまして」

「ありがたいお話ではございますが、わたくしいささか病い気味、体調が整いますますでご容赦を」

格下の同心でも断られかねなかった。

「あいつは出世と引き換えに……」

「よほど積まれたらしい」

下手に筆頭与力の娘をもらえば、やっかみを喰らうからだ。

それをわかっていて小鹿は伊那を娶《めと》ってくれた。伊那が衆に優れた美貌であったというのもあるが、小鹿は日陰者になった娘を救おうとした。

青い正義といえば、その通りであった。

「すまぬ」

小鹿が伊那を嫁にと受け入れたとき、和田山は頭を下げて感謝した。

「二度は許さぬ。もし、愚かなまねをいたせば、この父が手ずからそなたに引導を渡してくれる」

和田山は伊那に太い釘を刺した。

されど、釘はあっさりと抜けた。

「子ができておらなんだことを喜ぶしかないの」

もし男子でも生まれていれば、騒動は和田山の力でも抑えられなくなっていた。

「誰の胤だ」

たとえ小鹿が子を認知したとしても、周囲は納得しない。

「町方を放逐《ほうちく》されるような男の血を引く者を同心とするわけにはいかぬ」

和田山への反撃の狼煙《のろし》として、これほどのものはない。

「筆頭与力どのの責任はどうなる」

「娘さえ扱えぬ御仁に、町奉行所の要職は務まらぬ」

筆頭与力の持つ権を狙っている者は多い。いや、和田山以外の与力すべてが敵といえる。

和田山は隙を見せてはいけない。しかし、隙は身内から出た。

「このままでは、いずれ……」

鉄壁だった和田山の権力にひびが入った。

外からの圧力には、恩讐《おんしゅう》を忘れて一つになるのが町方である。不浄職と見下されてきた歴史が強烈な連帯を育んだ。

なにせ、頂点の大坂町奉行が敵に近い。

「さっさと手柄を持って参れ」

大坂町奉行は町方を猟犬ていどにしか思っていない。

遠国奉行のなかでも、長崎奉行に次ぐ格式を持つ大坂町奉行は京都町奉行と並んで、旗本出世の階《きざはし》である。大坂町奉行で幕閣に報告できるほどの手柄を立てれば、まず江戸町奉行、あるいは勘定奉行への抜擢は固い。

国中の金が集まる大坂は、京都町奉行より出世がしやすい。京都町奉行から勘定奉行への栄転はまずないが、大坂町奉行は勘定奉行への立身もある。

だが、大坂町奉行は金に近いだけの弊害もあった。

「何卒《なにとぞ》、よしなに」

「このたびは、おめでとう存じまする」

赴任した途端、大坂の豪商が金を持ってくる。

「無礼な。余を金ごときで懐柔できると思ったか」

「挨拶は受け取るが、金は持ち帰れ」

それを拒めば、

「融通のきかんやっちゃ」

「固いだけで、ありゃあ役にたたへんで」

大坂の商人から見捨てられる。

商人の町大坂で商人にそっぽを向かれれば、なにもできなくなる。

だからといって、すべて受け入れていれば、いずれ感覚が麻痺《まひ》していき、終《しま》いには金を無心するようになってしまう。いうまでもなく、これは大坂商人の策謀であった。

「不心得者」

「役にふさわしからず」

そうなれば、不適格の烙印《らくいん》を押され、役目を取りあげられて小普請組《こぶしんぐみ》へと墜とされる。

事実、大坂の東町奉行、西町奉行で罷免を喰らった者はかなりいた。

「働け」

当然、大坂町奉行になった者は、墜ちる前に離任しようとする。

「和田山、最近そなたの悪評を耳にする。町方の者は、民どもの模範とならねばならぬ。進退を見誤るでないぞ」

出世の道具でしかない町方役人が足を引っ張るようでは困ると和田山に隠居を迫って来る可能性は高かった。

「儂から耳に入れておくべきだな」

先ほどの斬り取り強盗の一件、和田山は己の手柄とすることに決めた。大坂町奉行にしてみれば、手柄は誰が立てようとも己のものになるのだ。

人は誰でもいい話を最初に持って来た者に感謝する。

「廻り方与力が出る前に」

和田山が席を立った。

三

小鹿は斬り取り強盗の件からさっさと手を引いた。

「騒がれるのはもう十分だ」

そうでなくても悪目立ちしている。これ以上他人の話題になってやるのはごめんであった。

「お先に」

最近は絡んでくる者もいなくなった。

左遷され、上役から睨まれている同僚ほど、安心していたぶれる者はいない。すべての同心がそうではないが、抜擢されていた小鹿を妬《ねた》ましく思っていた連中はここぞとばかりに小鹿を見下ろした。

その小鹿が派手な手柄を立てた。

「日が暮れると危のうて。なんとかして欲しいんですけど」

「斬り取り強盗くらい、捕まえられまへんのか」

東町奉行所に苦情を申し立てに来ていた商人は多い。

「このようなありさまでは、来期からご挨拶は遠慮させてもらいますわ」

同心たちの生活というか、贅沢をさせている付け届けを止めるぞと脅しをかけてくる商家もあった。

その商家にしてみれば、小鹿こそ金を出す値打ちのある同心となる。

「なにもせえへんかったお人が、斬り取り強盗を退治しはった山中さまを揶揄《やゆ》する。おもしろい話でんなあ」

知った商人たちが黙ってはいない。

金を出す方としては獲物を獲る犬こそ肝心で、遠吠えしかしない犬なんぞどうでもいいのだ。

「…………」

あれだけ絡んできた竹田右真も、小鹿を怖れて近づかなくなった。

「ふう」

仕事のない小鹿はいつものように東町奉行所を出た。

「……新町も当分いけんなあ」

あの夜、新町の男衆に東町奉行所への使いを頼んだことで、新町の連中には小鹿が斬り取り強盗を退治したと知られている。

「ようこそおいでで」

「旦《だん》はん、やあうれし」

茶屋も妓も小鹿を歓迎してくれるだろう。

新町帰りの客を襲いに来た斬り取り強盗が跳梁跋扈《ちようりようばつこ》しては、客の足が遠のく。それを小鹿が退けた。

大げさだが新町の救い主であった。

「たまらんわ」

ちやほやされるのはうれしい。男なんぞ、綺麗《きれい》どころにかまってもらうために生きているようなものである。

だが、小鹿には女で痛い思い出がある。

「馴染みにしておくれやす」

「明日もお待ちしております」

妓からそう言われるのが面倒であった。

「帰るか」

遊びをあきらめて小鹿は組屋敷へと帰った。

独り者の夜は寂しいものと決まっている。朝炊いた飯の残りに水をかけて、醬油《しょうゆ》をかけまわしただけのものを夕餉代わりにし、買い置いてあった酒を冷やのままで呑む。眠くなったら、片付けを放置して夜具に転がりこむ。

「お邪魔しますよ」

「声をかけろ、声を」

前と同様に勝手に入ってきた堺屋に、小鹿が文句をつけた。

「かけても聞こえまへんやろ。これだけの屋敷に一人。せめて女中くらい雇いなはれ」

遠慮なく堺屋が反論した。

「別に困らん」

「ほな、勝手に入ってもよろしいわな」

「好きにせい」

小鹿があきらめた。

「手土産で」

堺屋が手にしていたものを渡した。

「すまんな。開けるぞ」

受け取った小鹿が包みを開いた。

「……これは、鯛《たい》の干物」

なかから随分立派な鯛の干物が出てきた。

「大石さまから送られてきましたものの、お裾《すそ》分《わ》けですわ」

「それはありがたいが、無事にお戻りになられたんやな」

感謝しながら、小鹿が問うた。

「大坂から赤穂まではおよそ二十五里（約百キロメートル）、二日の間《ま》。近うございますで、なにごともおまへんで」

「大坂の隣みたいなもんやな」

堺屋の説明に小鹿が驚いた。

「せっかくや。早速いただこうやないか」

「ごめんを、ごめんを」

台所へ向かおうと小鹿が立ちあがったところで、勝手口から声がした。

「今ごろ誰や」

「ああ、わたいですわ」

怪訝な顔をした小鹿に堺屋が告げた。

「来かけに酒屋へ寄って、一升届けてくれと頼んどいたんですわ」

「代金はうちへ……」

小鹿が支払いはこっちですると言いかけた。

「もう払《はろ》うときました」

堺屋が手を振った。

「すまんな」

「町方の旦那に集れますかいな」

笑いながら堺屋が勝手口へと行った。

「……ええ塩加減や」

焼きあがった鯛に箸を付けた小鹿が頬を緩めた。

「ほんに、よろしいなあ」

堺屋もうなずいた。

「これだけの干物となると高いだろうに。それを大坂まで帰国次第送ってくる。大石どのは、相当に豊かなんだなあ」

「ご家禄は一千五百石だそうで」

「一千五百……」

予想以上の石高に小鹿が驚愕した。

大坂町奉行として赴任してくる旗本でも本禄が一千五百石というのは、滅多《めった》にいない。

「なるほど。息子を大坂へ剣術稽古に何年もだせるだけのことはある」

小鹿が納得した。

「藩は金がないのに、家老にはある。妙な話でんなあ」

自前で持ちこんだ酒を呷りながら、堺屋が述べた。

「城なんぞ造るからだろう」

少し酔った小鹿が、あっさりと断じた。

「今どき、城なんぞ田圃《たんぼ》の案山子《かかし》ほどの値打ちもないのに」

「まったく」

堺屋も同意した。

「ところで、山中さま。お手柄は捨てはりましたんで」

「手柄と大声で言えるほどのもんではなし」

惜しくもないと小鹿が首を横に振った。

「大坂中の噂になるほどのお手柄でっせ」

「噂になるなんぞ、御免蒙る」

堺屋の言葉に、小鹿がため息を漏らした。

「……旦那」

盃を置いた堺屋が真剣な眼差しを見せた。

「なんや」

不意に雰囲気の変わった堺屋に、小鹿も緊張した。

「あいつらは四人で終わりやと思いまっか」

「……他に仲間がいると」

小鹿の目つきも鋭いものになった。

「あのときから気になってましてんけど、こっちが三人と少ないとはいえ、町方の旦那、武士がいてはりまんねん。それを四人で襲ったというのは、図に乗っていたとしても変やおまへんか」

堺屋が問いかけた。

「四人が腕に自信があったとしても……」

「あいまへんな。どう考えても一人や二人は怪我《けが》しまっせ」

小鹿の推測を堺屋が否定した。

「怪我はしたがらんな」

小鹿も首を縦に振った。

浪人は五体満足でも生きづらい。まともに人足仕事をしている浪人でも、怪我をすればそれまでであった。

「すまんな。大事にしいや」

親方から涙ていどの見舞金が出れば幸運なほうで、

「役に立たないなら、これまでやな」

二度と使ってもらえなくなる。

まともな浪人でもそういった扱いなのだ。無頼に身を落とした浪人など、世間は当然、仲間たちも助けてはくれない。

「途中で乱入してくる浪人がいたか」

堺屋に言われて、小鹿も考えた。

「最初から出てこなかったのは、数が多いと逃げられる……」

小鹿が呟いた。

多少腕に覚えがあっても、敵が倍いれば勝ち目はなくなる。橋を渡れば、新町遊郭に逃げこめるのだ。

「君子危うきに近寄らず」

天下の名人、剣聖と讃えられた塚原卜伝《つかはらぼくでん》でさえ、危険には近づかなかったという。

「このくらいならば勝てると思わせるつもりやった」

堺屋が言った。

「戦いが始まったところで、後ろから襲えば……」

「どれほどのお方でも負けまっせ」

口にした小鹿に、堺屋が首肯した。

「となると、あと一人……いや二人はいたか」

「やないかと思いますわ」

　堺屋が首を縦に振った。

「そいつらはどうすると思う」

　手酌で酒を注《つ》ぎながら、小鹿が問うた。

「普通なら仲間の末路を見て、逃げ出しますやろ」

　堺屋が答えた。

「普通なら」

　わざわざ付けくわえた言葉に、小鹿が引っかかった。

「ひっかかるの、その言い方は」

　小鹿が先を促した。

「すんまへん。別段、山中さまを試しているわけやおまへんで」

　あわてて堺屋が詫びた。

「今さら試さんでも、拙者はただの日陰者や」

「日陰者が二人とはいえ、斬り盗り強盗を生業にしてきた連中を片付けられますかいな」

自嘲する小鹿に堺屋が手を振った。

「で、なにが気に入らん」

「浪人って、なんですやろ」

あらためて聞き直した小鹿に、堺屋が質問を投げてきた。

「そこからか」

小鹿があきれた。

「そこから話をせんと、私の感じたもんが通じにくいと思いますねん」

堺屋が感じたままを口にした。

「ふうむ。ならば、そこから話をしようか」

少し冷えた干物の身を指でむしって、小鹿は口に運んだ。

「浪人はもと武士あるいは、その子孫で、現在主君を持たない者のことをいう」

「身分でいうたら、武士になりますんか」

「ならんな。武士は侍の別称であり、侍はさぶろう者からきているとされている。さぶろう者とは主君に付き従うとの意味、つまり武士は主君があって初めて成り立つ」

「ということは、民だと」

「そうなるな」

小鹿がうなずいた。

「ではなぜ両刀を差して、咎められまへんので」

堺屋がわざとらしく首をかしげた。

幕府は寛永《かんえい》八年（一六三一）に、町人帯刀禁止令を出した。この結果、脇差一本ならば、携帯することが認められていた町人が無腰となった。

浪人が町人ならば、なぜ両刀を帯びているのかと堺屋は問うたのであった。

「言われてみれば、そうだな」

「東町奉行所に規範とかは」

「見たことさえないわ」

訊いた堺屋に、小鹿が首を横に振った。

「……おそらくだが、浪人は主家を求めている状況とも取れる。どこかに仕官すれば浪人は武士に戻る。そのあたりの配慮だろう」

小鹿が推測した。

かつて関《せき》ヶ原《はら》の合戦で豊臣についた大名が大量に改易となり、巷《ちまた》は浪人で溢れた。とはいえ、まだ世は戦国であり、どこの大名も優秀な人材の確保に目の色を変えていた。とくに徳川についたことで、領地を大幅に増やした大名たちは、主家を失って浪人となった者のなかから、高名な者を争って召し抱えた。なかには数万石という高禄をもって迎えられた者もいた。

徳川家もご多分に漏れずであった。

さすがに徳川家は、敵対していた大名の家臣だった者をおおっぴらに抱えるのは、万一のことを考えて難しかったが、譜代の大名たちは関係ないとばかりに、優秀な者を漁《あさ》った。

「外様に渡しては、のちのち面倒になる」

天下は実質徳川のものになったが、まだまだすべての大名がひれ伏したわけではなかった。それこそ、徳川が油断すれば、吾こそ天下人になるべきと旗を揚げかねない。

そのとき武名や知勇の高い浪人が、そちらにいれば不利になる。

「できるだけ浪人を抱えろ」

表立つわけにはいかなかったが、徳川は譜代大名たちに、浪人を外様大名に渡すなと指示を出した。

「浪人は武士になる者やと」

「そういう風に取ってもしかたあるまい」

堺屋の結論を小鹿は認めた。

「ただ浪人を正式に武家として認めていないから、我ら町方で対処できる」

小鹿が付け足すように言った。

「浪人が武士に戻れますか」

真剣な眼差しで堺屋が尋ねた。

「主家を持つ、すなわち仕官できるかというなら、でけへんやろな」

すでに戦国は終わった。

最後の合戦と言われた大坂の陣からでも八十余年、肥前《ひぜん》の国を揺るがせた天草《あまくさ》の乱からでも六十年以上経つ。

大名家の力が家臣の数、その武名であった時代は終わり、代わってどれだけ領国を富ませたかが問題になっている。

戦がなくなると、家臣を多く抱える意味がなくなる。それどころか、なにもしないで禄を与えなければならないのだ。当然、藩政は圧迫される。

「永《なが》のお暇をくだされる」

大名は不要となった家臣を整理し始めた。

だが、これも容易ではなかった。

武士は禄をもらって奉公をする。ここに忠義が生まれる。その忠義の根本を崩すことになった。

「先祖の功を……」

己はなんの手柄をあげていなくても、先祖が戦場で首をあげた功績で得た禄を取りあげられるとなれば不満を覚える。

「某までお暇が出た。次は拙者かも知れぬ」

いつ丸裸で放逐されるかわからないとなれば、役目にも身が入らなくなる。そうなれば失敗も増え、本当に辞めさせられることになった。

大名家が人員整理に入っているのである。浪人に仕官の機会などまず訪れない。剣術ができる、算盤が得意だなど特技があればまだ望めるが、そうでなければ星を摑むよりも仕官は難しい。

禄を失い、収入をなくした浪人の進む道は三つしかない。

一つは夢をあきらめず、仕官を求めて大名家を渡り歩く。二つ目は刀を捨てて、百姓あるいは商人、職人としてやっていく。三つ目は刀を使って、斬り盗り強盗あるいは強請集りをするである。

「斬り盗り強盗に堕《お》ちた連中が、町奉行所のお役人を襲うはずはございませんな」

渡までの奉行所が躍起《やっき》になって下手人を追う。それはこの国で安息できる場所を失うことを意味した。

「あのときの拙者は普通に町方の姿でいた」

町奉行の同心は袴をはかず、着流しの上に黒の羽織を重ねる。見慣れた者が見れば、すぐに町方の同心だとわかる。

「斬り盗り浪人が、拙者が同心とわからぬはずはない」

小鹿が嘆息した。

「拙者と知って襲って来た……。となると逃げた奴こそ、黒幕だな」

「はい」

堺屋が小鹿の推測に首肯した。

「……たしかに」

堺屋の結論を小鹿は理解した。町奉行所は仲間がやられれば、それこそ長崎から佐

第四章　商人の戦い

一

　淀屋重當は、大坂城代土岐伊予守を住吉《すみよし》の浜《はま》にある寮へと招待していた。

　住吉の浜は大坂と堺の境にある松並木の美しい砂浜である。摂津一の宮として崇敬を集める住吉大社から少し離れていることもあり、日暮れ近くなると、人通りも少なく静かであった。

「お待ちをいたしておりました」

　寮の庭に建てられた茶室で、淀屋重當が土岐伊予守を迎えた。

「重當の招きとあれば、どこにでも出向くが、北浜の本宅ではいけなかったのか」

　大坂城代は老中ほど多忙ではないが、それなりに執務はある。大坂城から近い淀屋

てしまう。

の北浜本宅ならば訪れるになにほどのこともないが、住吉ともなれば半日仕事になった。

土岐伊予守が不満を口にした。

「申しわけございませぬ。いささか他人目《ひとめ》と耳を避けたいお話がございまして」

淀屋重當が土岐伊予守に向かって頭を垂れた。

「密談か」

土岐伊予守が繰り返した。

文句を言ったが、それでも淀屋重當に呼び出されたら、応じないわけにはいかなかった。

土岐伊予守は移封、飛び地支配などの費用を淀屋から借り入れた金で賄《まかな》っている。さすがに来いと言われていかなかったぐらいで、借財を取り立てるようなまねを淀屋重當はしないが、新たな借財を申しこんだときの対応は変わる可能性があった。

「お断りをいたしましょう」

借財というのは、借りるまでは金主が強い。そして、借りてしまえば借りた方が強くなる。

もちろん、借りた方が強くなるのは、返さないという抵抗ができるからであった。

もっともそれが通るのは、本当に金のない者、金主を黙らせるだけの力を持つ者に限られた。

「今までの借財を返さぬぞ」

大坂城代には淀屋を黙らせるだけの権がある。

とはいえ、そのようなまねをすれば手痛い反撃を受ける。

「畏れながら……」

淀屋から評定所へ訴えられてしまうと大坂城代はそれなりの罰を受ける。

執政まであと少し、手を伸ばせば届くという階段の最後の一つで転びたくはない。

おおよそ五人内外との定員の老中の席を狙っている者は多い。

「ふさわしくない」

「己の持ち金でさえ管理できぬものに、天下の経営はできますまい」

たちまち土岐伊予守の足は引っ張られる。

武家にとって借財は、財政を楽にしてくれると同時に、己の首も絞める諸刃の剣であった。

「聞こう」

土岐伊予守が用件をと淀屋重當を促した。

「ご城代さまは、御上からわたくしどもがお咎めを受けるとご存じかと」

「……なにを申しておるのか、わからぬの」

淀屋重當の確認に、土岐伊予守がとぼけた。

「仁右衛門。開けなさい」

手を叩いて淀屋重當が大番頭の牧田仁右衛門に命じた。

「ご無礼を仕ります る」

水屋《みずや》に控えていた牧田仁右衛門の手で、襖が開かれた。

「……それはっ」

開かれた水屋のなかを見た土岐伊予守が目を大きくした。

「二万両ございまする」

平然と淀屋重當が言った。

「……二万両」

大坂城代の役目のなかに大坂城の金蔵の管理もある。その金蔵には百万両が仕舞われている。とはいえ、普段から金蔵に出入りすることはなかった。

土岐伊予守は赴任したときに、一度勘定方の案内で金蔵を視察しただけで、それ以降は勘定方の報告を聞くだけであった。

「ご随意にお遣いくださいませ」

淀屋重當が一礼した。

「好きに遣えというが、その代償はなんだ」

「ございません」

「なんだとっ」

淡々と告げた淀屋重當に土岐伊予守が驚愕した。

土岐伊予守の領地は三万五千石である。その年貢は五公五民であった。転封や大坂への赴任でかなり藩庫は痛めつけられたが、幕府の役人をしている以上、圧政はできなかった。

借財を減らすためと年貢を六公四民《ろくこうしみん》あるいは七公三民《しちこうさんみん》にひきあげたり、人頭税などを新たに設けては、領民の反発を買う。とくに移封されたばかりで、領民の忠誠がまだできあがっていない今は、容易に一揆《いっき》や強訴《ごうそ》を誘発する。土岐伊予守は領地が落ち着くまで、無理はしていない。

「我が家の年間収入よりも多い」

土岐伊予守の年収は米にしておよそ一万七千五百石、そこに運上などが加わっても一万八千両に届かない。その内七割は家臣の禄や手当であり、土岐伊予守が自在にできる金は、せいぜい五千両を少しこえるていどでしかなかった。

もちろん、その全部を好きにできるわけではなかった。江戸の屋敷の維持、土岐伊予守の正室以下、子供たちの生活費が要る。となれば、土岐伊予守がなんとかできる金は千両あるかないかであった。

「二万両」

じつに土岐伊予守が自在にできる金、二十年分が目の前にあった。

「これを……」

「はい。差しあげまする」

かすれた声で問うた土岐伊予守に淀屋重當が首肯した。

「見返りはないのか、本当に」

「ございませぬ」

もう一度念を押した土岐伊予守に淀屋重當が首を横に振った。

「…………」

それでも土岐伊予守は淀屋重當を見つめた。

「商人がなにもなしで金を出すことはない」

土岐伊予守が不審を口にした。

「たかが二万両でございまする。これくらい十日もあれば、利息だけで補えまする」

「利息だけで……」

なんでもないと口にした淀屋重當に土岐伊予守が化けものを見るような目をした。

「伊予守さまは、御老中さまになられるお方」

「ふん。世辞《せじ》は要らぬ」

話し始めた淀屋重當を土岐伊予守が疑った。

「ですが、いまだ江戸へのお戻りはございませぬ」

「むっ」

言われた土岐伊予守が嫌そうな顔をした。

土岐伊予守は元禄四年（一六九一）から大坂城代をやっている。八年もこの座にあるのだ。それに比して、前任の大坂城代であった松平因幡守信興《いなばのかみのぶおき》は三年で京都所司代へ、その前の内藤大和守重頼《ないとうやまとのかみしげより》は二年でやはり京都所司代へ、さらに前の土屋相模守にいたっては一年で京都所司代へ移り、その後二年で老中にのぼっている。

土岐伊予守よりも長く大坂城代でいた青山因幡守宗俊《あおやまむねとし》は十六年在しそのまま隠居、少し短いが六年職にあった太田摂津守資次《おおたせっつのかみすけつぐ》も出世せずに死去している。

「いかがでございまするか」

「…………」

現実を語られた土岐伊予守が黙った。

「このまま終わられまするか」

淀屋重當が尋ねた。

「…………」

土岐伊予守は無言を貫いた。

「ああ、ご満足でございましたか。伊予守さまは土岐のお家随一の出世頭」

手を打って淀屋重當が首を上下に振った。

土岐家は伊予守の曾祖父山城守定政《やましろのかみさだまさ》のときに徳川家康に仕え、一万石の大名になった。その後、祖父山城守定義《さだよし》が二万石へ加増を受け、父山城守頼行《よりゆき》のとき紆余曲折《うよきょくせつ》があり、一万石へ減らされたが、大坂城番、甲府《こうふ》勤番《きんばん》を勤め、一万五千石の領地を与えられて二万五千石になった。

たしかに三代続いて栄誉を重ねてきたが、伊予守ほどではなかった。

「大坂御城代さまは、京都所司代さまと並んで、執政衆の次席。そこまで来られておいての飼い殺し。ああ、これは失礼なことを申しました」

淀屋重當がていねいに頭を下げた。

「こやつ……」

土岐伊予守が淀屋重當を睨んだ。

「河川が原因でございましょう」

「言うな」

続けて述べた淀屋重當を土岐伊予守がうるさいと制した。

赴任直後の面倒ごとに忙殺され、やるべきことをしなかったため、大坂に被害が出た。

なんとか罷免は逃れたが、まちがいなく出世の道は閉ざされ、このまま大坂城代で飼い殺しが決まってしまった。

土岐伊予守にとっては、大きな傷であった。

「一服、お点《た》てしましょう」

不意に淀屋重當が茶を点て始めた。

「……なにが言いたい」

土岐伊予守が低い声で訊いた。

「どうぞ」

それを無視して、淀屋重當が土岐伊予守の前に茶碗を差し出した。

「…………」

土岐伊予守が茶碗を摑むなり、一気に飲み干した。

「お見事でございまする。さすがは伊予守さま、無作法のなかに美しさがございまする」

型破りの無礼を淀屋重當が咎めるどころか、称賛した。

「この金で失態を償えと」

乱暴に茶碗を置いた土岐伊予守が淀屋重當に言った。

「どのようにでもお遣いくださいませ」

最初の言葉を淀屋重當が繰り返した。

「恩に着ぬぞ」

「どうぞ」

そう返した土岐伊予守に、淀屋重當がうなずいた。

「仁右衛門、あれも」

「はい」

淀屋重當が牧田仁右衛門に合図をした。

「障子窓を開けさせていただきまする」

牧田仁右衛門が土岐伊予守に断ってから、庭に面した窓障子を開けた。

「今度はなにが……」

窓障子を覗いた土岐伊予守の顔色が変わった。

「五万両用意いたしております る」

「……いつの間に」

土岐伊予守が息を呑んだ。

変わらず感情の籠《こも》らない声で言った淀屋重當に土岐伊予守が息を呑んだ。

土岐伊予守が茶室に入る前、庭にはなにもなかった。

「いつでもご用命くださいませ」

「この金は、二万両とは別か」

軽く頭を垂れた淀屋重當に土岐伊予守が鋭い目で問いかけた。

「さようでございまする。この五万両をお受け取りになられるときは、お願いがございまする」

「言え」

淀屋重當が意図はあると認めた。

土岐伊予守が命じた。

「この金で御老中になっていただきたく存じまする」

淀屋重當が述べた。

「老中になれと」

「はい。お願いいたしまする」

もう一度確かめるように訊いた土岐伊予守に淀屋重當が首を縦に振った。

「老中となられて、どうぞ、淀屋をお救いくださいませ」

「御上の手出しを止めろと」

「是非に」

「たしかに老中になれば、できよう」

老中の権は大きい。頼む淀屋重當に土岐伊予守が認めた。

「されど七万両もかかるまい」

老中になるには、五人いる老中のうち誰かの推挙が要る。さらにその推挙に過半数となる二人の老中が同意してくれなければ難しい。といったところで、推挙してもらうだけなら一万両、同意ならば五千両もあれば足りる。合わせて二万両ですむ。多少多めに遣っても三万両あれば確実であった。

「お急ぎいただきたく。淀屋に残された猶予《ゆうよ》は、そうございませぬ。あって十年、少なければ三年で御上の手が下されましょう」

多いのは、金でときを買って欲しいからだと淀屋重當が告げた。

「切羽詰《せっぱつ》まっているのか」

土岐伊予守が目を閉じて思案に入った。

「……二年か」

少なめに見積もった土岐伊予守が唸《うな》った。

「わかった。やってみよう」

「ありがとう存じまする。何卒よろしくお願いをいたしまする」

目を開けてうなずいた土岐伊予守に、淀屋重當が平伏した。

二

お迎え与力として選ばれた由良次郎兵衛《じろうべえ》は、小者二人を連れて物見遊山《ものみゆさん》気分で東海道を下っていた。

「よろしいんでっか、急がんでも。新しいお奉行はんをお待たせすることになりまっせ」

草鞋取りの小者が懸念を口にした。

「気にせんでええ。どうせ、お迎えが行くまで出立はでけへん」

由良が心配するなと小者をなだめた。

「それより景色を楽しめ。今日見とかんと二度と来られへんで」

「たしかにそうでんなあ」

小者が納得した。

「見てみい、あれが日の本一の名峰、富士《ふじ》の山や」

「見事でんなあ」

「ふええええ」

由良が指さした富士山の姿に小者二人が感嘆した。

「さあ、もうちょっとで駿府《すんぷ》の城下や。暗くなるまでに宿へ入るで。暗くなったら盗賊は出んやろうが、狼《おおかみ》が来るさかいな」

「狼は嫌でんな」

「くわばら、くわばら」

由良の危惧に、小者二人が足に力を入れた。

駿府の城下は東海道でも指折りの規模を誇る。町の中央に徳川家康が隠居のために建てた駿府城が鎮座し、幕府から派遣された城代、大番組が常駐している。

駿府町奉行というのもあり、治安はよかった。

「脇本陣《わきほんじん》にでもするか」

宿場の規模によって数は違うが、本陣や脇本陣、あるいは両方があった。

駿府の城下には二十七町あり、そのなかで街道に沿う上伝馬町《かみてんまちよう》、下《しも》伝馬町に本陣、脇本陣、旅籠などが集中していた。

駿府の城下には、街道を封鎖するように左右の目附門《めつけもん》があった。

目附門には、警衛の番士が詰めている。かといって別段、通行人を止めて身分や旅手形を確認するわけではなく、怪しげな者でもないかぎり問題なく通過できた。

「脇本陣は上伝馬町にあるらしい」

身分を明かして番士に訊いた由良が言った。

「上伝馬町とは、どこですねん」

「街道沿いに進み、駿府町奉行所前の札《ふだ》の辻《つじ》を過ぎ、大きく曲がれば右側にあるらしい」

問うた小者に由良が答えた。

「先触れしますわ」

草鞋取りの小者が走った。

本陣や脇本陣は、地元の名士がやっていることが多い。とくに大名や遠国赴任をする幕府役人を泊める本陣は、その都合もあって主は士分を与えられ、名字帯刀を許されていた。

「大坂には及びまへんが、大きい城下ですなあ」

狭み箱持ちの小者が感心した。

「うむ。さすがは大権現《だいごんげん》さまがご隠居の地として選ばれただけのことはあるのお」

由良も首肯した。

「だ、旦那」

先触れに出ていた草鞋取りの小者が顔色を変えて走ってきた。

「四郎座《しろうざ》、落ち着きいな。どないしたんや」

由良が興奮する四郎座を抑えた。

「落ち着いてる場合やおまへんで。本陣に中山出雲守さまのお名前が」

息を荒くして四郎座が伝えた。

「中山出雲守やと」

由良が目を剝いた。

「脇本陣まで参りましたところ、ちょうど本陣に行列が着くところでして、供の者が中山出雲守だと名乗ってました」

四郎座が報告した。

「まさかっ。そんなわけあるかい」

ありえないと由良が、首を強く横に振った。

「嘘ちゃいまっせ」

「とにかく、たしかめなあかん」

抗議する四郎座を無視して、由良が小走りに駆けた。


本陣はその名前からもわかるように、戦における陣営としての形式をしていた。

まず、食事は出ない。これは毒殺を怖れたためである。続いて風呂も用意しない。寸鉄をも帯びない風呂で、襲撃されればいかな豪傑でも生き残るのは難しいゆえである。そして主君が寝る夜具《やぐ》も提供しない。夜具に毒針などを仕込んでいるという危惧を拭えないからだ。

もちろん、そういった物騒《ぶっそう》な時代は遠く過ぎたため、あらかじめ頼んでおけば、食事も風呂も夜具も準備してくれた。

「本日はようこそのお見えでございまする」

「うむ、世話になる」

本陣宿の主から、中山出雲守が挨拶を受けた。

「すでに先触れの者から聞いておるとは思うが、明日は早立ちをいたす。握り飯と漬物でよいゆえ、人数分の弁当を朝と昼の分、用意してくれるよう」

「承っておりまする」

中山出雲守の要望に、本陣宿の主が首肯した。

「旦那さま」

御座《ござ》の間で対話している二人に、本陣宿の奉公人が割りこんだ。

「これっ」

無礼な行為に主が奉公人を叱った。

「申しわけございませぬが、出雲守さまにお目通りを願いたいと仰せられるお方が参られておりまして」

詫びながら奉公人が述べた。

「余に会いたいと。名乗ったか」

中山出雲守が首をかしげながら問うた。

「直答お許しくださいませ。お見えのお方は、大坂東町奉行所与力の由良次郎兵衛さまとお名乗りでございまする」

　奉公人が述べた。

「大坂からの使者ならば、会わずにはすまぬの。通してくれ」

　中山出雲守が了承した。

「大坂東町奉行所のものとなれば、迎え与力じゃな」

「でございましょう」

　今回の赴任に同行している家臣がうなずいた。

「同席いたせ」

「はっ」

　主君に命じられた供が首肯した。

「お連れいたしましてございまする」

　本陣宿の主が、由良を連れて戻ってきた。

「ご苦労であった」

「では」

　ねぎらわれた主人が、さっさと離れていった。これはそれぞれのお家の事情に踏みこまないためであった。

「近《ちこ》う寄れ」

「はっ」

招かれて由良が、御座の間へ入った。

「そこでは話が遠い。もそっと近づけ」

御座の間の襖際に座った由良を、中山出雲守がもう一度招いた。

「……ですが」

「そこまで来い」

どこまで近づいていいのかわからないといった顔をした由良に、中山出雲守が扇子の要で場所を示した。

「随分と近うございまするが」

同席していた家臣が、危惧した。

「余を害そうとするはずはない。それこそ東町奉行所は潰される」

中山出雲守が手で家臣を制した。

「差し出口を申しました」

家臣が詫びて、引き下がった。

「さて、何用じゃ」

家臣から由良へと目を移した中山出雲守が問うた。

「迎え与力をご存じでございましょうか」

由良が確認代わりに訊いてきた。

「存じおる。大坂より赴任してくる町奉行を江戸まで迎えに行き、大坂まで先導する者であったな」

「左様でございまする。では、江戸で迎え与力をお待ちいただくのが決まりだということも」

「うむ」

中山出雲守がうなずいた。

「ではなぜ、江戸をお発ちになったので」

「そなたごときに教えることではない」

咎めるような語調を含めた由良を中山出雲守が一刀両断にした。

「なっ」

由良が絶句した。

「余は幼子にあらず。手を引いてもらわずとも大坂へ行くことはできる。のんびりと東海道を下ってくるそなたを待つほど暇ではない」

「か、慣例でございまする」

大義名分を口にして、由良が反論した。

「ならば、余が前例を作ったということか」

「……はあ」

笑った中山出雲守に由良が唖然とした。

「さて、無駄話はここまでじゃ。余がそなたに目通りを許したのは、迎え与力だからではない。大坂東町奉行所の与力として、職務の話を聞くためである」

「それは迎え与力として、大坂までの間に……」

「町奉行所のつごうのよい話をか」

由良が慣例を持ち出そうとしたのを、中山出雲守が止めた。

「……そのようなことは」

「少し間が空いたの」

楽しそうに中山出雲守が皮肉った。

「今の大坂町奉行所は、どうなっておる」

「どうなっておると仰せられても……」

由良が困惑した。

「答えられぬか」

「いえ、どのようなことをお問い合わせなのかがわかりませぬ」

笑いを消した中山出雲守に由良が首を横に振った。

「なんのために、二代続けて東町奉行が二人になったかを考えたことはないのか、そなたは」

中山出雲守があきれた。

「…………」

由良が言葉を失った。

「もうよい、下がれ」

「えっ。ですが……」

手を振った中山出雲守に由良があわてた。

「迎え与力は要らぬ。まったく無駄なことをする。あらためさせねばならぬ」

大きく中山出雲守が嘆息した。

「お奉行さま」

由良がまだ食い下がろうとしていた。

「幸之《こうの》助《すけ》、放り出せ」

「はっ」

同席していた家臣が、中山出雲守の命に従って由良の肩を摑んだ。

「な、なにをする」

由良がうろたえた。

「主命である。自力で出ていくか、つまみ出されるか、どちらがいい」

「迎え与力としての役目を邪魔するか」

中山出雲守の家臣としての対応をする幸之助に、由良が御用を盾に言い返した。

「主命と申したぞ」

武士にとって、主命ほど重いものはない。禄をくれている主君こそ大事であり、大坂町奉行所の用など、それに比べると毛髪よりも軽い。

「……痛い、離せ」

宣言どおり、幸之助が由良の肩を逆にきめた。

「捨ててこい」

中山出雲守が冷たく言った。

「はっ」

幸之助がきめている由良の手を持ちあげるようにした。

「ぎゃあぁ、止めてくれ」

座っている状態できめられた腕を持ちあげられれば、肩が壊れる。

由良が情けない声をあげた。

「もう離してやれ。勝手に出ていくだろう」

「ご諚《じょう》とあれば」

由良を見もせずに指図した中山出雲守に、幸之助が従った。

「えいっ」

幸之助が突き飛ばすように、由良を離した。

「ああ、ああ」

きめられた左肩を押さえて、由良が呻いた。

「はぁあ、よくぞそれで町方が務まるものだ」

その醜態《しゅうたい》に中山出雲守がため息を吐いた。

「うううっ」

言われた由良が恨《うら》めしそうな目で中山出雲守を見上げた。

「迎え与力など不要である。早々に大坂へ立ち戻れ」

中山出雲守が由良への興味を失った。

「幸之助、明日のことだが……」

「夜明けと同時に駿府を発てば、島田《しまだ》の宿までは行けましょう」

「…………」

二人に無視された由良が、恨めしそうな目で御座の間を出ていった。

「よろしかったのでございますか」

由良がいなくなったのを確かめた幸之助が、中山出雲守に問うた。

「なれ合って、相手の懐に入りこむというのも一手だがの、今回は東町奉行所の改革ではない。最初から旗幟《きし》を明らかにしておかぬと、商人どもの賄賂攻勢に押し負ける」

中山出雲守の危惧はそこにあった。

大坂商人は権力を裏で操ることに長けていた。

「ご挨拶でございまする」

最初は赴任祝いの挨拶に来て、祝いとして金を置いていく。これを突き返すか、祝い返しとして同額以上のものを返せば、賄賂を受け取る気はないという意思表示になる。

「お堅いお方や」

意思表示を受けた大坂商人が苦笑する。いや、嘲笑する。

これが他の地域の商人ならば、断られた段階で退く。金を受け取らないなら、それに応じた対応に変える。幕府の役人というのは、ずっとそこに居着くわけではない。数年ほどで別の役目へ転じていく。今の役人が駄目なら、次に期待する。

大坂商人は違った。

「頭があかんねんやったら、手足を縛るだけや」

直接中山出雲守を籠絡《ろうらく》しなくても、家臣たちを賄賂漬けにしてしまえばそれですむ。

「なにとぞ」

「いつもありがとうございまする」

最初は断るほどでもない小銭を握らせ、徐々に増やしていく。

「どうぞ」

「いつもすまぬの」

やがて賄賂は小判になる。

「いかがでございましょう、一夜お付き合いを」

金をもらうというのは、気を遣わなければならないことである。誘われれば断りにくい。

「おいでやす」

そこで女を紹介される。

大坂町奉行は家族を連れての赴任が認められていなかった。主が単身で赴任するのだ。家臣や小者が妻を連れてというわけにはいかない。

つまり女早《おんなひで》りになる。

ここまで来れば崩れるのは早い。

女に会うには金がかかる。

「御融通いたしまっせ」

「どうぞ、お遣いくださいな」

やがて金を商人にせびるようになってしまう。こうなれば、商人の思い通りになる。

「某が殿と密談をしていた」

「いついつ殿がどこを視察なさる」

たとえ門番や小者でも大坂へ赴任するときに連れてきた家臣は少ないだけに、主の信頼は厚い。その信頼厚い者が金で大坂商人に飼われている。

中山出雲守が何をしようとしているかは、すぐに商人のもとへ報される。

「河川普請ですか。ならば人足を押さえておきましょう」

「岡場所の検めをなさると。では、わたくしの見世は数日休むとしましょう」

情報を得た商人は、中山出雲守の先手、先手を打つ。

「怪しい」

当然、中山出雲守も気付く。密かに計画していたことが漏れているとなれば、身内を疑う。

「なんということをしてくれた」

少し見ていれば、家中の誰が怪しいかはわかる。

「申しわけございませぬ」

詫びたところでもう遅い。

家中の不始末は主君の罪になる。

「大坂の商人がこのようなまねを」

己も咎められるのを承知で、幕閣に訴えるか、

「なにが目的か。できることと、できないことがあるぞ」

商人の軍門に降《くだ》るかしか選択肢はなくなる。

そして旗本にとって、家ほど重要なものはない。ほとんどの旗本は、事実を糊塗《こと》するほうを選んだ。

「罠にはまるわけにはいかぬのだ。今回はな」

中山出雲守が難しい顔をした。

三

小鹿は普段よりも周囲に注意をして、日々を過ごしていた。

「まだいてまっせ」

堺屋の一言が、小鹿を慎重にしていた。

「鍛えなおさなあかんな」

小鹿は組屋敷で、人知れず小具足術《こぐそくじゅつ》の稽古《けいこ》に励んだ。

町方の与力、同心は剣術よりも、相手を押さえこむ小具足術を好んだ。火付盗賊改方のように、幕府から手に余れば討ち果たしてもかまわないと町奉行所は言われていない。

町方与力、同心は、己の命が危なくならない限り、下手人を殺すことは出来なかった。

そこで選ばれたのが、戦場で敵と組み合って制圧する小具足術であった。もちろん、小具足術のなかには剣術も槍、棒術も含まれる。なにせ組み討ちに持ちこむには、間合いをなくさなければならない。敵が刀や槍を振り回しているというのに、無手で組み討ちに入るなど無理である。

とはいえ、相手は無頼で得物《えもの》が匕首《あいくち》くらいなのだ。刀術はもちろん、槍術など使うことさえなかった。

小鹿は使い慣れた十手を振って、構えて、そのまま打ち据えるという動きを何度も繰り返す。実際、型どおりに動ける戦いなどないが、それでも型は大事であった。

型を何度も繰り返すことで、頭ではなく身体に覚えさせる。そうすれば技から技への移行が速やかになった。

「……ふう」

小具足の型は大きく分けて二つになった。一つ目は相手に近づくための技であり、二つ目が組み合ってから制圧にいたるものであった。

「…………」

一応の型稽古を終えた小鹿は、息を整えながら周囲を窺った。

己の組屋敷のなかだが、誰かが入りこんでいることはある。実際、二度も堺屋に入られた。大石内蔵助はまだいい。東軍流の遣い手ともなれば気配を殺すくらいはやってのける。

しかし、普通の商人ではなさそうだと感じてはいたが、堺屋にまで近づかれるまで気付かないというのはおかしかった。いくら、己の組屋敷で油断していたとはいえ、気持ちが悪い。

「……誰もおらぬな」

確認した小鹿が、十手を逆手に構えた。

十手が身分を明かすものである以上、相手から見えないように持つのは本末転倒になる。

「御上の手の者である」

そう権威付けされている十手だからこそ、皆が畏れ入る。

その十手を見えないように逆手にし、腕に沿わせるようにした小鹿が動いた。

「おまえくらいよなあ、小具足術を最後まで学んだのは」

老齢だった師匠は、小鹿にすべてを教えてこの世を去った。

「小具足の決め手は、相手を制圧することにあらず。刀を、槍を持つ相手に近づき、その体勢を崩して地に転ばせ、命を奪うことにある」

古希《こき》に近かった師匠は、関ヶ原の合戦よりも前から戦場に出ていた。

「制圧した、取り押さえたと安堵したところを逆襲されて、討たれた者を何度見たことか」

冷めた目で師匠は思い出話をした。

「敵は、こちらを殺すつもりでいる。ならば、こちらも敵を殺すつもりで戦わねば生き残れぬ」

師匠は町方役人の考えは甘いと断じた。

「そのへんの掏摸《すり》や置き引きなら、殺さずに押さえられよう。だが、剣術遣いや浪人となると、殺されないとわかっていればどのような手でも使う。相手の抵抗する力を奪う。それには殺すのがもっとも手早く、確実である。死人は隠し武器も使わぬ、噛みついてもこぬからな」

そう説いて師匠は、小鹿に十手を使った技を叩きこんだ。

「生きていてこそ勝ちよ。儂は戦場でさほどの手柄を立てなかったため、どこの大名にも抱えられず、小具足の指南で終わった。だが、儂の知人で戦場で名だたる武名をあげた者は、そのほとんどが死んでいる。関ヶ原で手柄を立て、千石をもらった者は大坂の陣で死んだ。微禄ながら家を立てた者の多くも宮仕えの苦労からか、還暦を迎えることなく逝《い》った。見ろ、儂は七十を越えるまで生きた。いい女も抱いた、うまい酒も呑んだ。そして習い覚えた技も伝えることが出来た。これ以上、なにを望む」

最後の稽古の夜、師匠は小鹿にすべてを叩きこんだ後、酒を口にしながら語った。

「妻は娶らなかった。譲る家がないからの。いや、一人の女に縛られるのが嫌だったのだ。どれほどの美女でも歳を取れば衰える。だが、遊女は違う。決まった相手ではなく、そのとき、そのときの気分で替えられる。一人の女に固執するのは、譲るべき家がある者のやることだ」

師匠は小鹿がいずれ妻を迎えなければならないことを知っていた。

「おまえは儂に似ている。どこか、世間を偽りのように見ている。それはそれでいい。人の一生など一夜の夢に及ばぬもの。同じことを延々と繰り返しているだけ。おまえもわかっているはずだ」

ぐっと盃を師匠が呷った。

「そうせざるを得ない世になった。判で押したような日々がおまえを待っているし、さいなむはずだ。慣れろ。目立つな。でなくば、おまえは世間から弾き出される。退屈に耐えて生きる。辛いことだが、生き残ることが出来たならば、おまえの勝ちだ。

散々おまえを蔑んだ者、憐れんだ者、嘲笑《あざわら》った者、無視した者、そのどれよりも長く生きろ。そやつらが死んだら嗤ってやるがいい」

師匠の訓話はそれで終わった。

「もうおまえに教えるものも託すものもない。二度と来るな」

そう言って小鹿を追い出した師匠は、いつの間にか死んでいた。

「すばらしい師であった」

弟子であった町奉行所の与力、同心は師匠の死を悼み、功績を讃《たた》えた。

「…………」

その光景も小鹿の心を打たなかった。

「勝ったのだろうか、師匠は」

小鹿にはわからなかった。

師匠が死に、跡継ぎがいなかったことで道場は閉められ、与力、同心たちは別の道場へと移った。

「なにも残っていない」

師匠が生きた証《あかし》は、ただ形のないものとして小鹿の胸に残っているだけであった。

「名も残らなかった」

武士として、いや男子として、世に名を知らしめたいという思いは小鹿にもある。と同時に、それが叶う世ではないというのもわかっていた。

もう、豊臣秀吉《ひでよし》のように、足軽以下の小者から天下人へと立身できる時代ではない。そこまでではなくとも、足軽同等の同心から士分への出世も難しい。ましてや罪人を扱うことから不浄職として蔑まれている町方役人である。

小鹿はとっくに夢をあきらめていた。

しかし、師匠の死を見て小鹿は、あらためて疑問を持った。

なにかはわからないが、このまま流されていていいとは思えなくなった。

「ふざけたまねを」

それがあのようなまねを小鹿に取らせたのかも知れなかった。

小鹿とて、世渡りという点では大坂商人と肩を並べる町方同心である。妻の不貞を見つけたとしても、どうするのがもっともよいかを模索するだけの分別《ふんべつ》を持っていた。

「お耳に……」

ひそかに和田山を訪ね、伊那のことを報せるのが最善手だともわかっていた。

「恥じ入る」

そうすれば和田山は小鹿へ負い目を持つ。与力、同心の人事を握る筆頭与力への貸しなど望んでも手に入れられるものではない。

「筆頭同心に任じる」

贔屓《ひいき》だという悪評も立とうが、小鹿を同心という枠のなかで頂点に付けることも容《た》易《やす》い。

わかっていながら、小鹿は伊那を白昼堂々、皆の見ているなかで和田山へ突き返すというまねをした。

「もう波風を立てずに生きていくのはごめんだ」

まちがいなく小鹿は師の死の影響を受けていた。

「…………」

色々と考えながらも、身体は次の動きへと移っていく。

十手を仮想の敵の首に当て、両手で締めあげる。十手が喉仏の真上に来るようにするのが技の肝心なところであった。

「ふん」

その状態で十手を思い切り手前に引く。喉仏の骨が折れて、敵は息が出来なくなる。

「ふっ」

次は十手の先を敵の顎の角の内側に差しこむ。この奥には脳に繋がる神経があり、それを断たれるとまともに立てなくなる。

「ぐむ」

続けて小鹿は後ろから襲った敵の左首、鎖骨《さこつ》と肩の骨の間に十手を差しこむ。いうまでもなく、その三寸（約九センチメートル）先には心臓がある。たとえ、心臓まで届かなくとも、その直上にある太い弓状の血管を傷つければいい。身体のなかでの出血では、止めようもない。

「…………」

いくつかの殺し技を繰り返して、小鹿の鍛錬は終わった。

小鹿は掻《か》いた汗を拭うことなく、井戸端《いどばた》へと向かった。江戸ほどではないが、町方の与力、同心は身形に気を遣う。汗臭い状態でいるなど論外なのだ。

「……気持ちいいな」

もう春は終わり、季節は夏になったとはいえ、まだ日が落ちれば肌寒い。そんななか水浴びをする。風邪を引いてもおかしくはない行為であったが、稽古の後は身体が熱くなっている。冷たい水がそれを癒やし、小鹿は思わず口にした。

「……うん」

水浴びを終えたところで、小鹿の耳に表の潜り戸を叩く音が聞こえた。

「堺屋ではないな。誰だ」

小鹿が首をかしげた。

堺屋であったら、勝手に入っている。同僚でも小鹿が一人で住んでいることを知っている連中は、潜り戸を叩くような悠長なまねはせず、中に入ってから来訪を報す声を出す。

夜分に潜り戸を叩くような人物に、小鹿は思い当たらなかった。

「どなたか」

手早く水気だけを拭った小鹿は、褌《ふんどし》一つの姿で応答した。

「わたくしでございまする」

「……伊那」

思ってもみなかった返答に、小鹿が絶句した。

「どうぞ、ここをお開けくださいませ」

伊那がなかへ入れてくれと求めた。

「お断りする。このような刻限に、男女が会うのは要らぬ勘ぐりを与える。早々に立ち去られよ」

「お話しせねばならぬことがございまする」

「拙者にはない」

伊那の言葉を小鹿は一言で切った。

「伊三次《いさじ》が大坂に」

伊那がかつての男が大坂へ戻ってきたと口にした。

「……始末を付けたのではなかったのか」

阿藤左門が和田山に脅されて三男を始末したと小鹿は聞いていた。

「いえ、阿藤さまは伊三次を逃がしましてございまする」

「そのことを筆頭どのは」

小鹿が驚きを隠せずに問うた。

「知りませぬ」

伊那が答えた。

「なんということを」

筆頭与力を騙《だま》すなどとんでもないことである。これを知れば、和田山は阿藤左門を同心から放逐するだろう。後釜に阿藤家の血を引く者をあてがえば、他の与力、同心は黙る。

あとは阿藤左門だけだが、それくらいどうにでも出来るだけの権力が筆頭与力にはあった。

「なぜ、知っている」

小鹿が伊那に問うた。

「なかへ」

もう一度伊那が要求した。

「門はかかっておらぬ」

たしかに扉越しにする話ではない。

小鹿は伊那に許可を出した。

四

表門を開ける気はない。

そもそも武家の表門は、城の大手門と同じとされている。といったところで戦はもうない。ただ、その権威だけが残り、表門を大きく開けて通行できるのは当主とその一門、幕府役人と決まっていた。

婚姻を解消するまで、伊那は小鹿の妻である。嫁入りのときに和田山家からすべての使用人を伴ってきたこともあり、山中家では小鹿よりも敬われていた。当然、通行は表門を完全に引き開けておこなっていた。

しかし、今は赤の他人である。表門を開けることはない。

「…………」

すぐに伊那が潜り門を使って、入ってきた。

「ご無沙汰を……」

挨拶をしかけた伊那が、顔を真っ赤にしてうつむいた。

「……すまぬ。水浴びをいたしておった。しばし、待たれよ」

もと妻とはいえ、上半身裸、下半身は褌だけでの応接は、礼に反している。急いで小鹿が屋敷へ駆けこみ、手早く着流しを身につけて戻ってきた。

「ご無礼をいたした」

他人行儀に小鹿が一礼した。

「いえ」

伏せていた顔を伊那があげた。

「話の続きを聞かせてもらおう」

小鹿が用件を急かした。

伊那は隣家の三男坊が欲がらみ、いやなにはなくとも、手出しをしたがるだけの容姿をしていた。背は余り高くはないが見劣りするほどではなく、胸も腰も張っている。なによりも色が抜けるように白かった。

短い間だったとはいえ、その肢体を抱きしめて寝たのだ。小鹿が伊那の裸体を思い出したのも無理はなかった。

有り体は伊那に小鹿は惚《ほ》れていた。それだけに裏切りが許せなかった。

「じつは、十日ほど前に女中が手紙を預かって参りました。それが伊三次からのもので……」

「よくその女中が手紙を届けましたの」

和田山家にしてみれば、伊三次は娘を弄《もてあそ》んだ憎い男である。

「届けに来たのは、若い女だったそうでございまする」

「それでもおかしいだろう。悪いが伊那どのは、自宅で身を慎んでいる。それへ誰かもわからぬ手紙を届けるなど」

「…………」

伊那が辛そうに顔をゆがめた。

「その女中になにかござるな」

すぐに小鹿は気付いた。

「ご勘弁をくださいませ」

「わかった。当家にはかかわりのないことだ」

事情を話すのを嫌がった伊那の求めを、小鹿はあっさりと認めた。

「……さようでございました」

伊那が寂しそうな顔で言った。

「その手紙にはなんと」

小鹿は冷たく問うた。

「は、はい」

促された伊那が、思い出したとばかりに近づいた。

「どうぞ」

懐から丁寧におりたたんだ紙を出し、小鹿へ渡した。

「……拝見する」

髪油の匂いに一瞬、意識を奪われた小鹿があわてて手紙に目を落とした。

「……呼び出しでござるな」

読んだ小鹿が手紙を返した。

「はい。日時は三日前の夕刻六つ（午後六時ごろ）、四つ橋の東で待つと」

伊那が答えた。

「行かれなかったのだな」

行けばここにはいない。

「はい。父に知れれば大事になりましょう」

「なるな」

小鹿も同意した。

伊那を突き返したときの和田山は、今から思い返しても怖ろしいほど怒り狂っていた。もし、伊三次が大坂にいるとなれば、手下を使って探し出し、無宿人として始末をするのはまちがいなかった。

無宿人というのは、人別を失った者のことをいい、どこにも属していないし、誰も身元を引き受けてくれない。

つまり、いてもいなくてもどうでもいい者であった。

それを始末するなど、腕に止まった蚊《か》を叩き潰すより簡単であった。

「身元のわからない土左衛門《どざえもん》が大川《おおかわ》に浮かんでおりました」

「そうか」

それだけで一人の無宿者が、無縁仏《むえんぼとけ》になる。

これくらいのことが出来ないようでは、とても筆頭与力など務まるはずはなかった。

「で、なぜ拙者にこのことを」

小鹿が最大の疑問を尋ねた。

「あなたさまに危難が……」

「表の理由は要らん」

伊那の言葉を小鹿が止めた。

「…………」

「筆頭どのに言われたか」

黙った伊那に小鹿が笑った。

「どうして……」

「でなければ、座敷牢状態のあなたが屋敷を出られるはずはござらぬ」

伊那の驚きに小鹿が答えた。

「わざわざかたじけのうござった。では、お帰りを」

小鹿が伊那に帰れと手を振った。

「あ、あの……」

「詫びは聞きませぬ。もうすんだこと。死人に謝罪しても生き返りはしませぬ」

まだなにかを言いかけた伊那を小鹿が制した。

「死人……」

その意味を伊那は悟った。小鹿の伊那に対する心、想いはもう二度と蘇らないと言われたのであった。

「お邪魔を」

顔を伏せて、伊那は潜り戸から出ていった。

「…………」

そのまま小鹿は伊那の気配が去って行くのを確かめた。

「やってくれるわ、さすがは筆頭よ」

一人になった小鹿が嘆息した。

「待ち合わせのところに人を配置すれば、伊三次を捕まえられただろうが、それをしなかった。同心へ落としたとはいえ同じ東町町方の阿藤と完全に敵対することになるからな」

今の阿藤に力はないが、息子を始末されたとなれば、話は変わる。阿藤に和田山をどうこうすることは出来ない。与力としての歴史が長いだけに、婚姻、養子縁組、かつての貸しなど、いくつもの繋がりを町方に持っている。そして阿藤の動きに合わせて、和田山を蹴落としたい連中が蠢《うごめ》く。

もちろん、そのていどで揺らぐほど和田山の地盤は軟柔ではない。阿藤の持つ伝手にも和田山はしっかりと手を入れている。

それでも面倒には違いないし、状況が状況だとはいえ、同じ町方という一つの塊の中で仲間殺しをしたときの反発は強い。まちがいなく、和田山が隠居したときに報復が来る。和田山の跡継ぎは、決して出世できず、石役か川役、普請役あたりで三十年以上の現役を過ごすことになる。

「こっちに阿藤の三男、伊三次を片付けさせるつもりだな」

和田山が山中家を東町から排除すると決断した。そう、小鹿は読んだ。

「舐めたまねをしてくれる」

小鹿は怒気を露《あらわ》にした。

「山中、いや、吾に崩壊をもたらした伊那を、止めの使者として使うか。おもしろいやないか」

牙をむき出しにして小鹿が嗤った。

遊ぶ金として残しておいた金を由良は惜しげもなく遣って、早駕籠を仕立てた。

「大坂東町奉行所与力である」

関所、川番所などすべての関門を身分を盾にして素通りし、行きの半分ほどの時間で大坂へと戻った。

「筆頭どの」

早駕籠というのは疲れる。どうやっても駕籠は揺れる。ゆっくり進んでいれば左右だけの揺れで、上下はほとんど無視できるが、駕籠かきが走ると話は変わる。左右はもちろん、上下にも揺れる。となれば乗っている者は、たまったものではなくなる。そのため、駕籠には中木の中央から紐が下がっている。乗り手はこの紐を摑み、腰を浮かせて、身体を揺れに預けることで負担を軽減するのだ。

だが、その分、腕は疲れる。

まさに、由良は息も絶え絶えといった様子で、東町奉行所へ運びこまれた。

「どうした」

玄関番から報された和田山が、あわてて出てきた。

「なにがあった」

和田山が玄関式台でひっくり返っている由良と、玄関前の土間にへたり込んでいる駕籠かきを見て、困惑した。

迎え与力というのは、江戸で数日遊んだ後奉行を案内して、のんびりと東海道を旅してくるもので、旅の疲れはあってもへとへとになることはない。

その迎え与力が早駕籠で戻ってきた。

「由良、どうしたというのだ」

息をするのも辛そうな由良に和田山は説明を要求した。

「し、しばし」

由良が息継ぎの合間に声を出して、休息を求めた。

「早駕籠を使った意味をなくすつもりか」

休む暇などないだろうと和田山が由良を叱った。

「…………」

上司の無茶に言い返せないのが配下である。由良は抗議の声を出すのも辛いと、非難を胸の奥に沈めて、呼吸を整えた。

「まさかお奉行の身になにかあったのではなかろうな」

ここ最近の面倒のことで和田山の思慮も浅くなっていた。

「い、いいえ、お奉行は健在」

寝転がったままで由良が答えた。

「ではなんだ」

しつこく和田山が報告を求めた。

「み、水を」

由良が手を伸ばした。

「ここに」

門番小者の方が、こういった場合になれている。町奉行所へ駆けこんでくる者は、誰も彼もが必死であり、水なしではまともに口も開けない。

「…………」

奪うように門番小者が差し出した竹筒から水を飲んだ由良が、ようやく少し落ち着いた。

「起きる力がございませぬ。このままで」

早駕籠に揺られた者は、身体にその揺れがなじんでしまい、普通に立つことも座ることも出来なくなる。

「かまわぬ」

和田山が認めた。

「駿府で……」

由良が何度にも分けて、中山出雲守との遣り取りを語った。

「慣例を無視されたか」

聞いた和田山が、難しい顔をした。

「わかった。ご苦労であった。十分に休め。当分の間、出仕を免じる」

筆頭与力の権で由良に休息を与え、和田山は踵《きびす》を返した。

和田山は筆頭与力に与えられた座敷で思案にふけった。

「出雲守は、順当な出世を経てきた役人だ」

本人がいないところで、下僚が上司を呼び捨てにするのも慣例であった。

中山出雲守は、小十人という将軍の直卒警固《じきそつけいご》を最初に、御納戸、御納戸組頭、御腰物奉行、目付、大坂東町奉行とそれこそ、少禄旗本の夢ともいうべき道をたどって立身してきた。

「前例、慣例を無視する者に、世間は厳しい。野放図な者を出世させることはない」

役人が前例、慣例を重視するのは、それに従っておけば責任を取らなくてすむからであった。

役人にとって失点は致命傷になる。新しいことを立案して、成功すれば手柄となり、出世の加点となるが、それを同僚は許さない。

同僚の手柄は、己の失点と同じなのだ。なにせ、同じ出世の席を争っている敵同士でもある。

それをこなして手柄を立てられる者は、人も羨《うらや》む出世をする。だが、そんなまねのできるものは、千人の役人のなかの一人でしかない。

残りの九百九十九人は、順当に決まったことを繰り返して、上が空くのを待っている。どう見ても中山出雲守の出世は、手柄組ではなかった。

「御腰物奉行など、左遷でしかない」

奉行と名は付いているが、将軍の佩刀を管理するだけの役目でしかなく、とても御納戸組頭という将軍の側近くで働く旗本の行く先ではなかった。

「それがかえって目付に認められたか」

和田山が思案した。

目付は上役の推薦ではなく、同僚の入れ札で欠員が埋まる。ようは上司の引きがない者であった。節季の贈りものを欠かさないだとか、世辞追従の出来ない堅物《かたぶつ》の集まりであった。御納戸組頭から御腰物奉行へ異動させられた中山出雲守を、目付たちは世渡りの下手な仲間と認めたのだろうと、和田山は考えた。

「目付は堅物の集まりである。それだけに前例、慣例にはうるさい」

城中で大名、旗本の非違《ひい》監察をする目付は、金科玉条《きんかぎょくじょう》のごとく法度を遵守《じゅんしゅ》する。

「目付こそ旗本である」

矜持も高い。

「曲がり角はきっちり直角に曲がる。道では左側を歩く。そんなものを守り続けている目付に前例、慣例を破ることなどできるはずはない」

目付は一目でわかるように黒麻裃を身につけている。だが、そんなものがなくとも、歩く姿を見るだけでわかる。

「その目付あがりの出雲守が、前例を破っただけでなく、町奉行所のことを教えると言った由良を相手にしなかった」

そこが和田山にはわからなかった。

出世あるいは左遷にせよ、新しい役目にはそこにしか通用しない決まりというものがあった。それを知らずに赴任すれば、配下にはそっぽを向かれることになり、かならず大きな失敗をすることになる。

「それがわからぬとは思えぬ」

和田山は真剣に考えた。

「目付から大坂町奉行は、出世ではあるがさほど珍しいものではない」

堅物とされ、敬遠されている目付だが、それでも御上の法度には詳しいし、なにより汚職の心配がない。

「目付から選んでおけば、なんとかなる」

幕閣にそういった風潮があることは、大坂にいてもわかる。なにせ、そうやって選ばれた大坂町奉行に仕えてきた。

「保田美濃守のように、出世のための腰掛けか」

それならば、大坂町奉行のことなんぞ知らなくてすむ。相役の松平玄蕃頭にすべてを任せて、江戸へ呼び返されるまで上方を楽しめばいい。

「だが、それならばより波風を立てる意味がない」

保田美濃守は、それこそ模範のように、飾りの大坂東町奉行を演じてみせた。前例と慣例を守り、下僚への気遣いも忘れなかった。

「……となると」

和田山が息を呑んだ。

第五章　増し役の影響

一

中山出雲守時春は、枚方《ひらかた》の宿場で行列の形を整えることなく大坂へ入った。

「数を揃えての強訴は禁じられておりまする」

大坂東町奉行所の門番が、増し役の奉行の到着だと気付かずに、制止をかけた。

「中山出雲守である。無礼は許さぬ」

幸之助が門番に名乗りをあげた。

「はへっ」

門番が間抜けな顔をした。

「なにを呆けておるか」

固まった門番を幸之助が叱った。

大坂町奉行は遠国奉行のなかでも高い格を誇っている。それに抜擢される。まさに千石内外の旗本にとって、大きな誇りであった。

「甘く見られてはならぬ」

遠国赴任する旗本は、懸念を持っている。江戸と違って遠国では、奉行だと言ったところでどのように扱われるかわからないからだ。

「虚仮威《こけおど》しでもせぬよりはましである」

旗本は家禄によって、家臣の数が決まっている。いかに格上の遠国役に就いたとはいえ、加増がなければ、新たな者を召し抱えることはできなかった。

「あれだけしか……」

少ない人数での赴任は、嘲《あざけ》りを生む。

逆に考えれば、多くの供を引き連れていることで、威圧をかけられる。

かといって、江戸から人を雇えば費用がかかる。日当だけでなく、江戸から大坂までの泊まり、食事代なども持たなければならない。

そこで、大坂へ赴任する者は、一つ手前の宿場である枚方の宿で、人を雇う。

「見栄えの良い者を頼む」

腰に差している両刀が重いというような軟弱な者では、威圧にならない。

「へえ、お任せを」

慣れている枚方の立て場は、心得ていると手配をしてくれる。

「頼んだぞ」

「お任せを」

一日だけの主従関係ではあるが、互いに納得している。

行列の人数を大きく膨らませて、新任の奉行や大坂城代番頭などはやってくる。まさに一軍の行列になるが町奉行所の門番ともなると、枚方で雇われてくる連中の顔くらいは知っている。なにせ、見栄えで雇われるだけに、同じ者に声がかかる。

「お疲れや」

「割のええ仕事じゃ」

小声で遣り取りくらいはする。

当たり前になっている会話がないどころか、小者を入れて十人に満たない人数で東町奉行所へやってきた。

門番が中山出雲守だと思いもしなかったのも無理はなかった。

「いつまで放置する。これが上方の流儀か」

いつまでも呆然としている門番に幸之助が怒った。

「はっ、し、しばしお待ちを」

吾に返った門番があわてて奉行所のなかへ駆けこんでいった。

「まったくなっておらぬ」

幸之助が嘆息した。

「殿、少しお待ちを」

「聞こえておった。わかっておるわ」

駕籠のなかから中山出雲守が、申し訳なさそうな幸之助を慰《なぐさ》めた。

門前に着いてはいるが、まだ中山出雲守の乗る駕籠は降ろされていない。どころか、その場で足踏みをしている。これはまだ移動中だという形を取ることで、待たされてはいないという体を取り、無礼をされていないとするのだ。

「中山出雲守さま、ご到着」

迎え与力だった由良が、走るように門を出てきて声を張りあげた。

「大門を開け」

由良の指図で、大坂東町奉行所の大門が最大に開かれた。

「先導仕りまする」

門から出てきた由良が、行列の先頭に立った。

「出雲守さま、ご入来」

由良の合図で中山出雲守一行は、大坂東町奉行所の門を潜った。

「……………」

門の内側、石畳に与力、同心が片膝を付いているなかを駕籠は通り抜けて、玄関式台に降ろされた。

「お出ましを」

「うむ」

幸之助が扉を開け、それにうなずいた中山出雲守が駕籠から出た。

「……………」

頭を垂れている与力、同心に、中山出雲守が一瞥《いちべつ》をくれた。

「一同、大儀《たいぎ》」

そう言うと、中山出雲守が玄関から東町奉行所のなかへと入った。

東町奉行所は、玄関に入って右手が執務関係、左手が奉行の私邸となっている。

江戸で下調べをすませた中山出雲守は、玄関を上がるなり左へ折れ、炉《ろ》の間と呼ばれる座敷を通り抜けて、武術鍛錬場、馬場などを見下ろす廊下へ出た。

「使われた形跡がないの」

ちらと右を見れば、矢の的代わりに土を入れた俵が置かれている。その俵が雨風で傷んでいるわりに、矢を受けた跡はほとんどない。

「それを咎め立てるわけにはいかぬ」

鍛錬場を見ていた中山出雲守に話しかけた者がいた。

「玄蕃頭どのでございますかな」

「さよう。松平玄蕃頭でござる」

確認した中山出雲守に、松平玄蕃頭が名乗った。

「中山出雲守にござる。このたび増し役として大坂東町奉行を任じられ申した」

「よくぞ、お越しでござった」

歓迎の意思を松平玄蕃頭が見せた。

「このようなところで、立ち話も異なものでござる。こちらへお見えなされよ」

松平玄蕃頭が中山出雲守を誘った。

「お世話になり申す」

中山出雲守が従った。

廊下の端の襖はすでに開けられていた。

「ここは小書院と呼ばれておりましての。手狭ではござるが、増し役のお方はここを使っていただくことになっており申す」

小書院と呼ばれた小座敷に入った松平玄蕃頭は、上座ではなく床の間から向かって左に腰を下ろした。

「使わせていただきましょう」

その対面に座を決めながら、中山出雲守が首肯した。

「拙者の背後、二間抜けたところが奉行詰め所でござる。なにかござれば遠慮なくお訪ねくだされよ」

「かたじけなく」

中山出雲守が軽く頭を下げた。

「昨今の江戸はいかがでございましょうかの」

「ご威光をもって平穏」

「公方さまにお変わりは」

「ご壮健であらせられまする」

しばらく松平玄蕃頭と中山出雲守は、出された茶を喫しながら、雑談に興じた。

「玄蕃頭どの」

頃合いもよしと中山出雲守が、松平玄蕃頭に目配せをした。

「下がっておれ」

松平玄蕃頭が、雑用をしていた家臣を下げ、他人払いをした。

「これでよろしいか」

「お手数でござった」

確認した松平玄蕃頭に中山出雲守が一礼した。

「教えていただけると考えてよろしいな」

わざわざ中山出雲守を二人目の大坂東町奉行として、幕閣が出した理由を松平玄蕃頭が問うた。

「もちろんでござる」

中山出雲守が首を上下に振った。

「お聞かせいただこう」

松平玄蕃頭が促した。

「念を押すまでもござるまいが、他言は無用でござる」

「重々承知」

うなずいた松平玄蕃頭が、帯に差していた懐刀を少しだけ抜いて鞘へ戻した。太刀や脇差でするより小さいが、しっかりとした金気の奏でる音がした。

金打《きんちょう》、武家が命を懸けた誓いであった。

「承った」

中山出雲守が松平玄蕃頭の覚悟を見届けたと、背筋を伸ばして一礼し、敬意を表した。

「さて、玄蕃頭どのは、大坂東町奉行を何年お勤めか」

中山出雲守が尋ねた。

「元禄五年（一六九二）に赴任いたしましたゆえ、七年になりますな」

松平玄蕃頭が数えた。

「このままでよいとお考えか」

「……なにについてでございましょうや」

迫るように問うた中山出雲守に、松平玄蕃頭が猜疑《さいぎ》の目を向けた。

「言わねばなりませぬか」

中山出雲守が膝を一つ進めた。

「…………」

松平玄蕃頭が黙った。

「なんのために拙者が大坂東町奉行増し役として、大坂へ参ったのか。誰がそれを命じられたのかをお考えいただきたい」

「誰が……」

そこに松平玄蕃頭が引っかかった。

「……………」

今度は中山出雲守が沈黙に入った。これは急《せ》かすよりも、思案させるほうがよいと考えたからであった。

「出雲守どのよ。貴殿は大坂東町奉行としての役割を求められておらぬと言われるか」

「……………」

「無言は肯定でござるぞ」

沈黙を保った中山出雲守に、松平玄蕃頭が言った。

「相模守さまでござるな。貴殿を大坂まで寄こされたのは」

松平玄蕃頭が、老中首座土屋相模守政直の名前を出した。

「いかにも」

中山出雲守が認めた。

「老中首座さまの命……相模守さまは、大坂城代もなさっておられた」

思案を松平玄蕃頭は続けた。

土屋相模守は、奏者番を五年勤めた後、大坂城代になった。京都所司代として転任していくまで、わずか一年余りではあったが、大坂の実状について知っている。

「……商人」

苦そうな顔で松平玄蕃頭が口にした。

「さすがでござる」

中山出雲守が称賛した。

「貴殿にこのようなことを申すのは、釈迦《しやか》に説法とわかっておりまするが……全国の大名のほとんどが、大坂商人から金を借りておりまする」

「存じておる」

松平玄蕃頭がより頬をゆがめた。

「今や、大名どもは商人に頭が上がらぬ有様。なかには参勤交代の途中で金を貸してくれている商人のもとへ立ち寄り、大名自らが頭を下げるということもあるように聞きおよびまする」

「…………」

知っていながら知らぬ振りをしてきた、松平玄蕃頭が口をつぐんだ。

「今までのことは問いますまい」

「相模守さまのお言葉か」

過去をほじくり出して咎め立てることはしないと言った中山出雲守に、松平玄蕃頭が老中首座の発言かどうかを確かめてきた。

「直接は仰せになりませなんだが、何一つ貴殿のことへのお指図はござらぬ。少なくとも拙者には」

中山出雲守が首を左右に振った。

「むうう」

土屋相模守の意図を量りかねた松平玄蕃頭が唸った。

「貴殿は、どのような御用を承っておるのか」

「拙者の役目は、淀屋を調べあげることでござる」

直截《ちょくせつ》に訊いた松平玄蕃頭に、中山出雲守が答えた。

「淀屋とは」

松平玄蕃頭が驚愕した。

「ついては、貴殿へのお願いでござる。東町奉行所の与力、同心のなかで、誰が淀屋に飼い慣らされておるのかをお教え願いたい」

「そやつらを排除なさるおつもりならば、止めていただきたい。町方の役は与力、同心なくば、一日たりとても回りませぬ」

中山出雲守の要求に、松平玄蕃頭が慌《あわ》てた。

「小普請組がご希望か」

無役となった旗本は石高や家格によって寄合《よりあい》、あるいは小普請組へ入れられる。概ね三千石以上の高禄あるいは諸大夫に任じられた者は寄合になり、新たな立身もあり得るが、小普請は懲罰に近く、一度そうなれば再浮上は難しい。大坂町奉行は諸大夫であり、七年も無事に勤めた松平玄蕃頭は辞したとき寄合になるのが通常である。しかし、老中首座の密命とはいえ指示に従わなかったとなれば、小普請に落とされる。

「脅されるか」

中山出雲守の後ろには土屋相模守が付いている。

激昂《げきこう》を抑えなければ、まちがいなく己の評判にかかわる。

「粗暴であり、政の要さえわかりませぬ」

そう老中首座へ報告されれば、小普請入りはもとより、大坂東町奉行になるまでに得てきた加増も取りあげられかねなかった。

「そのようなつもりはござらぬが、老中首座土屋相模守さまのお肚《はら》は決まっておられる」

「肚が決まっている……ご執政衆は淀屋を潰すと」

「……」

顔色を変えた松平玄蕃頭に、中山出雲守はなにも言わなかった。

「では、ご挨拶はこれまでといたしまする」

長時間の他人払いは周囲の疑惑を招く。

中山出雲守が立ちあがった。

二

大坂へ赴任した遠国役は、職場に顔を出した翌日、大坂城代に着任の挨拶に出向く。

「中山出雲守、昨日到着をいたしましてございまする」

大坂城西丸にある城代屋敷へ、中山出雲守は出頭した。

「余が大坂城代土岐伊予守である」

屋敷の客座敷で、土岐伊予守が中山出雲守を迎えた。

「出雲守、そちは目付からのお引き立てであるな」

土岐伊予守が問うた。

大坂城代は、将軍の支配である。西国に不穏の気配あるときは、独断で大坂城に定詰めしている番組を出撃させることができた。それだけではなく、姫路《ひめじ》や津山《つやま》、讃岐《さぬき》などの譜代、一門の大名に兵《つわもの》の動員を求めることができた。

まさに西国の将軍であった。

「お調べでございましたか」

すでにいろいろと調べられていると知らされた中山出雲守が苦笑した。

「たしかに目付をいたしておりました」

「目付から大坂町奉行への転任は珍しいものではないが、誰の声掛かりであるか」

監察役の目付は手柄を立てれば立てただけ恨みを買い、嫌われる。いや、正確にいうなら敬遠される。そんな目付を大坂東町奉行へ引きあげようとする者は限られていた。

「どなたさまのお手引きでもございませんが」

中山出雲守が首をかしげた。

「わかっておらぬようじゃな。大坂城代は大坂東西町奉行を統括する。そちの上司は御用部屋ではなく、この余である」

土岐伊予守がぐっと中山出雲守を睨んだ。

大坂町奉行は老中支配であり、本来大坂城代の配下ではない。とはいえ、直属となる老中は江戸にあり、なにかの指示を受け取るなり、仰ぐなりするにしても、十日以上かかる。とくに大坂からの要望は、江戸まで七日、御用部屋での協議に数日、そして大坂へ許諾あるいは不許可の報せが届くのにまた七日、合わせて十五日以上かかる。

兵は拙速を尊《たつと》ぶではないが、十日もかかっていては、とても危急のおりには間に合わなかった。

そこで上なしの長崎奉行や佐渡奉行は別にして、大坂町奉行、京都町奉行、駿府町奉行などは、赴任先の大坂城代、京都所司代、駿府城代の指揮を受けるようになっていた。このことを理由に土岐伊予守は中山出雲守へ答えを迫った。

「目付のことをご存じではないようでございますな」

中山出雲守が嘆息した。

「……なにがだ」

土岐伊予守が中山出雲守の言葉に戸惑った。

「目付は非違監察を主たる任としておりまする。目付の判断で家を潰された者、切腹を命じられた者、それらがいかに御上の決定とはいえ、従容《しょうよう》と罪に応じるのは、目付の厳格さを信じているからでございますぞ。目付は媚《こ》びず、へつらいを受けず。身が潔白なればこそ、旗本の命を狩ることができる」

「……うっ」

気迫を込めた中山出雲守に土岐伊予守がたじろいだ。

「それともなにか、目付あたりに探られては困ることでもお持ちでございまするか」

「そ、そのようなことはない」

疑いの眼差しを向けられた土岐伊予守が、うろたえた。

「下司《げす》の勘ぐりをするな」

土岐伊予守が負けぬと中山出雲守を叱った。

「無礼を申しました」

すんなりと中山出雲守が謝罪をした。

「う、うむ。わかればよいのだ」

これ以上、絡むのはよくない。土岐伊予守もすっと引いた。

「励めよ」

挨拶は終わりだと、土岐伊予守が中山出雲守を追い払った。

「甚内《じんない》を呼べ」

中山出雲守を追い返した後、土岐伊予守が手を叩いた。

「……お呼びでございましょうか」

近くで控えていたのか、すぐに甚内と言われた壮年の家臣が廊下に手を突いた。

「新しく赴任してきた大坂東町奉行中山出雲守を知っておるな」

「経歴くらいでございまするが」

甚内が応じた。

「どのようなまねをするのか、見張れ」

「はっ」

土岐伊予守の命に甚内が頭を垂れた。

「屋敷の手配もしてやれ」

「……わかりましてございまする。小者や女中の手配もでございますな」

甚内が主を窺うように見上げた。

「任せる」

土岐伊予守がうなずいた。

大坂町奉行は、奉行所のなかにある公邸で起居する。しかし、中山出雲守は二人目の大坂東町奉行であり、すでに公邸には松平玄蕃頭が住んでいる。

「では、半分ずつということで」

公邸を二つに区切るわけにはいかない。風呂や台所、奉行私室は一つしかないのだ。

そこで増し役となる中山出雲守には、大坂城代配下たちの住まいである壕外屋敷の一つが貸し与えられた。

屋敷となると、宿と違って掃除や炊事、雑用が出てくる。もちろん、それらを江戸から連れてきた小者にさせることはできる。しかし、そちらをさせてしまうと中山出雲守はなにをするにもまちがいなく手不足になる。そこに土岐伊予守は食いこむ隙を見つけた。

「ただちに」

こういった表沙汰にできないような用を任されるだけに、甚内は土岐伊予守の腹心であった。

「大坂東町奉行は、妻子を連れての赴任は許されていない」

甚内が廊下を歩きながら独りごちた。

幕府はその名前の通り、陣幕の内側におかれた政府である。配下とはいえ、逃亡や謀叛を企みやすい遠隔地に妻子連れで赴任させることはなかった。

言い換えれば、妻子を伴っての赴任を認められている大坂城代、京都所司代は幕府から絶対の信頼があるということであった。

「単身となれば、女に飢えよう」

甚内が下卑た笑いを浮かべた。

当然ながら、大坂町奉行が新町遊郭に通うわけにはいかなかった。それこそ、女にかまけて職務に集中しておらぬと非難を受ける。

「見目麗《みめうるわ》しい女中を手配すれば、堪《たま》るまい」

口の端を吊りあげたまま、甚内が独りごちた。


小鹿はいつもの見廻りをすませて、東町奉行所へと帰還した。

普請方の仕事はそうそうなかった。大風か大雨、あるいは地震、火事などがないかぎり普請方は決められた建物を見て回るだけ、それもなかへ入って床下を確認して根太が腐っていないかなどの調べはしない。

やる気があれば、四つ（午前十時ごろ）から始めて、昼の八つ（午後二時ごろ）過ぎには終わってしまう。

「早いの」

「よいの、さほど仕事のない普請方は」

それで意気揚々と戻ったところで待っているのは皮肉だけであった。

「異常ございませぬ」

普請方与力に小鹿が報告しても、

「ああ」

老年の普請方与力は手を振るだけで、労《ねぎら》いの言葉はもちろん、状況について問うこともしない。

「お先に」

同心部屋へ顔だけ出して、小鹿は組屋敷への帰途に就こうとした。

「鹿之助、待て」

「その呼び方は止めろ」

小鹿が竹田右真を睨んだ。

「心配するな、たぶんこれが最後だ」

「最後……」

竹田右真の反応に小鹿が怪訝な顔をした。

「筆頭さまがお呼びだ」

「和田山さまか」

筆頭には与力と同心の二つがある。小鹿が念を入れた。

「その和田山さまよ」

「わかった」

用を伝えてくれたとはいえ、からかわれたのだ。小鹿は竹田右真に礼も言わず、同心部屋を出ていった。

「ふん」

竹田右真がその様子に鼻を鳴らした。

「山中を軽く見るなと何度申したらわかる」

先日も苦言を呈した同僚が竹田右真を注意した。

「もうせえへんわ。どうせ、増し役付になるんや。中山出雲守はんが大坂東町奉行でなくならはったとき、増し役付に帰る場所はあらへん。見てろ室崎《むろさき》、そのまま放逐《ほうちく》じや」

竹田右真が憎々しそうに言った。

「おまはんが、山中に勝てるものがないからと嫉妬したというて、ちいと甘く考えすぎてるで」

室崎と呼ばれた同心が嘆息した。

「どういうこっちゃ」

「わからへんのかいな」

首をかしげた竹田右真に室崎が嘆息した。

「そんなんやから、おまはんは伊那さまの婿に選ばれへんかったんや」

「なんやとっ」

竹田右真が気色ばんだ。

「ばれてへんと思ってたんか。昔からというかまだ見習のころから、おまはん、伊那さまに惚れてたやろ。ただ身分違いやとわかってたのは、えらいがな。その伊那さまが、まああああいうことになった。狭い町方のなかや、噂はあっという間に拡がり、伊那さまへの縁談は見事に消えた。こうなったら同心でもやむなしと筆頭さまが肚をくくらはったとき、おまはん、直談判《じかだんぱん》しにいったやろ」

「な、なんでそれが……」

言われた竹田右真が慌てふためいた。

「そんなん言われんでもわかるやろ。直談判やで。その場にいたのは、おまはんと筆頭さまだけ。おまはんが漏らしたんやなかったら……」

「筆頭さまが……」

竹田右真が絶句した。

「身の程知らずがと嗤ってはったそうやで」

「な、なぜ、それをおいらは知らない」

疑問を竹田右真が口にした。

「あまりに哀れやからや」

室崎が淡々と続けた。

「もちろん、山中も知ってるで。それでもあいつは一度もおまはんに言わなかった。同心の、いや男の情けや。そやから我らは、山中を馬鹿にせえへん。筆頭さまに目を付けられたから親しくはでけへんけどな」

「……………」

竹田右真が黙った。

「わかったか。ええ加減にせんと、おまはんが八分《はちぶ》になるで」

そう告げて室崎が背を向けた。

「知っていた……吾の失態を」

一人になった竹田右真が頰をゆがめながら続けた。

「からかってくる吾を、あやつは心のなかで嗤いながらあしらっていた……」

「ふざけるな」

竹田右真の顔がどす黒く怒りに染まった。

「和田山めえ、吾とあやつを天秤《てんびん》にかけて、山中を選んだな」

不満は筆頭与力にまで向かった。

「このままですませると思うな」

竹田右真が憤懣《ふんぬ》を撒き散らした。

三

和田山が呼んでいるという竹田右真の伝言を聞いて、小鹿の足どりは重かった。

「会いたくないわ」

小鹿にとって和田山は鬼門《きもん》であった。

男の付いた娘を嫁に押しつけただけでなく、その男を殺すように娘を使って仕向けてきた。

「……………」

だからと言ってすっぽかすわけにはいかなかった。

腹が立とうが、吐き気がするほど嫌いでも、相手は上役なのだ。それも小鹿という大坂町奉行所同心の運命を簡単に狂わす力を持っている。

「畳の目でも数えとくか」

小鹿はため息を吐いた。

いくらゆっくりしたところで、同心部屋から筆頭与力のもとまでは、近い。

「山中でございまする。お召しと伺いまして」

廊下に膝を突いて小鹿は声をかけた。

「入れ」

なかから入室の許可が聞こえてきた。

「御免を」

襖を開けて、小鹿は筆頭与力の部屋へと入った。

「御用は……」

さっさと帰りたい小鹿が挨拶を抜きに尋ねた。

「しばし待て。あと何人か来る。話は集まってからじゃ」

「承知いたしましてございまする」

こちらを見ずに告げた和田山に、小鹿は首肯して部屋の隅へと移動した。

「…………」

本当に小鹿は畳の目を数えだした。和田山のことを忘れるには、なにかに集中するしかなかった。

「伊那が邪魔をしたそうだな」

辺《あた》りをはばかるような声で和田山が言った。

「お見えではございませぬが」

うつむいたままで小鹿が否定した。

「……偽りを申さずとも娘から聞いておる」

「筆頭与力さまのお娘御が夜分に男の屋敷を訪れるなど、あまり褒められたこととは思いませぬが」

「…………」

これ以上娘の、いや和田山の名前に傷を付けるおつもりかと問うた小鹿に、和田山は黙った。

「誰もお出でではございませぬ」

「であったな。どうやら聞きまちがえたようだ」

釘を刺した小鹿に、和田山が苦い顔で同意した。

「お呼びだと」

「参りましてござる」

「御用でござるかの」

気まずい雰囲気がより増したところに、与力二人、同心三人、あらたに五人が顔を出した。

「うむ。入るがよい」

和田山が一同に命じた。

「さて、ここにおる者の顔を見れば、儂の用件はわかろうと思うが……」

皆の顔を和田山が一人一人見ていった。

「そなたたちを、明日より中山出雲守さま付となす」

「なっ」

「なぜっ」

与力二人が驚愕した。

すでに東町奉行所に属する町方役人には、今度の増し役東町奉行に付けられる者は、捨てられたも同然だという噂は拡がっていた。

「そなたらが適任だからじゃ」

和田山が平然と言い返した。

「我らは不要だと」

「勘違いをするな。そなたらは中山出雲守さまの配下に適任だと判断しただけである」

怒る与力に和田山が言い返した。

「詭弁《きべん》じゃ」

「それがどうした。与力、同心の人事は儂のもとにある。儂の決定が不満だと申すならば、隠居届なり、お暇届を出せ。すぐに受け取ってくれる」

嚙みついた与力に和田山が冷笑を浮かべた。

「…………」

与力が言葉を失った。

「出世ぞ。与力は二人しかおらぬ。つまり、どちらかが筆頭じゃ。同心は四人、どのような役目でも思うがままじゃ。もっとも唐役や勘定役は増し役には不要であるがの」

冷笑を嘲笑に和田山が変えた。

「二人しかおらぬのに筆頭もなにもござらぬわ」

与力の一人、歳嵩の方が嘲笑を返した。

「愚かなりよなあ」

和田山がわざとらしく大きなため息を吐いた。

「よいか、二人いるのだぞ。どちらが上になるかを決めておかねば、いざというとき誰が同心どもに命をすると」

「むっ」

「たしかに」

歳嵩の与力が詰まり、若い与力が納得した。

「素野瀬《そのせ》は気付いたようじゃの」

にやりと和田山が口をゆがめた。

「人の集まりには、かならず徒党と上下の関係ができる。それができたとき、己がどこにあるべきかがわかる」

「筆頭与力の地位の価値は変わらぬか」

肩書きでしかないが、筆頭与力になれば、手当が増える。

歳嵩の与力が気付いた。

「遅いの」

和田山が鼻で嗤った。

「わかれば下がれ。今日までご苦労であった」

後はお前らが勝手にやれと和田山が手を振った。

「ああ、阿藤は残れ」

和田山が命じた。

「今一度お考え直しを」

しつこく同心の一人が必死にすがった。

「話はすんだ。まだというならば、同心を辞めてからいたせ」

「うっ」

望みを断たれた同心がうなだれた。

「…………」

すっと小鹿は立ちあがって背を向けた。

「礼を尽くす気はないか」

和田山が皮肉な顔をした。

「我らはすでに貴殿の配下にあらず。なれば、下げる頭もなし」

顔も見ずに小鹿は出ていった。

「そのとおりじゃな」

同心の一人が続いた。

「そうじゃな」

一同が和田山に挨拶もせずに出ていった。

「ふん」

阿藤左門も続こうとした。

「そなたは残れと申したであろう」

「与力から同心に落とされ、さらに町方から捨てられる。そのような羽目に遭わせた者の指図に従うわけなかろう」

和田山に阿藤左門が反論した。

「戯《たわ》けが。それでよいのだな」

「……どういうことだ」

そこで座を蹴るほど阿藤左門は若くはなかった。

「まあ、座れ。ああ、そのまえに襖を閉めろ」

敬意を表さずに出ていった者たちが、襖を閉めるわけもなし。しかし、開けっぱなしになっていては盗み聞きし放題である。

和田山が阿藤左門に指示した。

「…………」

不服そうな顔ながら、阿藤左門が襖を閉めて、席に戻った。

「結構だ。もう少し近づけ」

うなずいた和田山が扇子の要で阿藤左門を招いた。

「なんや」

まだ納得しない顔で阿藤左門が従った。

「伊三次は元気か」

「なっ」

阿藤左門の顔色が変わった。

「気付いてないと思っていたのか。それは儂を舐めすぎじゃ」

和田山が表情を消した。

「……………」

「都合が悪くなれば黙る。それは悪手やぞ。なんでもええ、言いわけをせんか」

「……吾が子は可愛いわ」

促された阿藤左門が言った。

「儂の娘はかわいそうではないのか」

「すまぬと思う……が」

阿藤左門が気まずそうな顔をした。

「あれはおまえの指図か」

「指図……」

確かめようとした和田山に、阿藤左門が戸惑った。

「とぼけるな。山中を襲わせただろう」

「山中を……いや、知らぬぞ」

険しい声で詰問する和田山に、阿藤左門が真顔で首を横に振った。

「偽りではあるまいの」

「誓って」

和田山のねめつくような目つきに、阿藤左門が気圧《けお》された。

「先日のあれに伊三次がかかわっておるのでございましょうか」

阿藤左門が子を心配する親の顔になった。

「かかわっておる。そう仲間が自白したわ」

「まさかっ……」

あきれた和田山に阿藤左門が絶句した。

「筆頭さま、決して伊三次はそのようなことを」

子のためなのか、阿藤左門の言葉遣いが変わった。

「そなたが始末を付けていれば、その言葉信じられたがな」

氷のような言葉で和田山が阿藤左門を弾劾《だんがい》した。

「始末……それでは」

「死人は悪巧《わるだく》みできまいが」

驚いた阿藤左門に和田山が返した。

「あ、あまりな」

「こちらが言いたいわ」

悲愴な声を出した阿藤左門に、和田山が嘆息した。

「そうか」

「そなたの息子さえ馬鹿をしなければ、娘はどこぞの与力か大坂城番士の家へ嫁に行っていたはず。いや、最初だけで終わっていれば、娘は同心の妻として密やかながら静かに暮らせたはず」

「そんなもの、女が誘ったのに……」

「それ以上は許さぬ」

子供が女で不始末をして咎められたときに、親が言うなすりつけを口に仕掛けた阿藤左門を和田山が圧をかけて押さえつけた。

「うっ……」

和田山の剣呑《けんのん》な雰囲気に阿藤左門が呻いた。

「ことと次第によっては、与力に戻してやってもと思っておったが、もう止めた。下がれ、不愉快じゃ」

「よ、与力に……お待ちを、なにとぞ、なにとぞ」

阿藤左門が額を床にこすりつけた。

「もう与力はない。そなたが芽を摘んだ」

「幾重《いくえ》にもお詫びを」

「不要」

一言で和田山が阿藤左門の嘆願を切って捨てた。

「な、なんでもいたしまする」

阿藤左門が懇願した。

「ほう、なんでも」

「なんでも、どのようなことでもいたしまする」

光を見せた和田山に阿藤左門が這いつくばった。

「与力には戻さぬ」

「ああ……」

断言された阿藤左門が崩れた。

「しかし、中山出雲守さまが大坂から離れられ、増し役が不要となったとき、他の者はそのまま放逐だが、そなただけは残してやってもよい」

「……なにをすれば」

与力には戻れずとも、同心としての身分は保障される。それだけでも破格の条件なのだ。なんの見返りもなしと考えるのは甘すぎる。

阿藤左門が和田山を窺った。

「中山出雲守がなにをしに大坂へ来たのかを探れ」

「お奉行を裏切れと」

和田山の指図に阿藤左門が顔をしかめて見せた。

「不足か」

増し役とはいえ、町奉行を裏切った代償が現状維持では割が合わないと阿藤左門は暗に言ったと和田山は見抜いた。

「…………」

肯定も否定もせず、阿藤左門が和田山を見つめた。

「ふん。強欲は身を滅ぼすと知ったばかりではないのか」

与力の定員割れの現状に三男伊三次を押しこもうとした阿藤左門は、それにしくじり同心へ格落ちさせられたばかりであった。

「…………」

阿藤左門は無言を保った。

下手に言葉にするよりは、沈黙が正確だと知っている。

「ならば、最下級の石役だが与力を保証してくれる」

「おおっ」

阿藤左門が喜色を浮かべた。

「ただしだ。もう一つ仕事をしてもらう」

「仕事、どのような」

「受けるかどうかを先に返答いたせ。ためらうならば、すべての話はなしだ。増し役がなくなると同時に、そなたも放逐となる」

「約束が違う」

和田山の話に阿藤左門が苦情を申し立てた。

「欲をかくからだ」

手を振った和田山が、あらためて訊いた。

「儂に従うか、それともすべてを失うか」

「……もう一つとは」

「聞けば断れぬぞ。もし、断れば……」

おずおずと尋ねた阿藤左門に、和田山が口の端をゆがめて見せた。

「……し、従う」

阿藤左門が折れた。

「伊三次に伝えよ。山中小鹿を片付けろとな」

「……なっ」

和田山の口にした内容に阿藤左門が蒼白になった。

四

翌朝、日が昇る前に小鹿は組屋敷を出た。

「何年かねえ」

小鹿は背を丸めて歩きながら、一人苦笑した。

和田山の人事が、姥捨て山《うばすやま》だということを小鹿以下中山出雲守に配属された皆がわかっている。

中山出雲守が増し役大坂東町奉行から転じるとき、今回の連中は町方ではなくなる。

「今年から誰に挨拶すればええんや」

同心は抱え席であり、一年ごとに支配与力のもとへ挨拶に行き、来年も頑張れと言われないと身分を失う。

もちろん、そんなものはとっくに形骸化《けいがいか》しており、行けばかならず「越年を申しつける」の言葉が返ってくる。

「もう少し、精励いたせ」

「このままでは、越年を申しつけられぬぞ」

まったく働かない同心や下手人を逃がすとか、商家から賄賂をもらいすぎたと言った連中でさえ、注意の一つもなしに終わる。

すでに越年という行事は、筆頭与力こそ同心たちの支配者であるということをあらためて思い出させるだけのものとなっていた。

「同心を辞めてどうするかなあ」

先祖代々の金もある。唐物方をしていたときに稼いだ金もある。小鹿一人ならば、同心でなくなっても、二十年は生きていける。

「無為徒食《むいとしょく》にはあきるだろうなあ」

上方は町方役人と町人との境目が曖昧《あいまい》である。一応、町人は町方役人を敬ってはくれているが、その肚のなかでは馬鹿にしている。

「一人で金も稼がれへんくせに、態度だけでかい」

いうまでもなく、それくらいのことには、町方役人は気付いている。ただ、それが引かれ者の小唄ではないが、決して越えることのできない壁へのやっかみでしかないとわかっている。だからこそ、町方役人は町人を利用する。そして町人も町方役人を金で動かす。

まさに相身互い身であった。

「同心を辞めたら、相手にはされへん」

小鹿にある値打ちは、東町奉行所同心という身分だけ。

「上方にいてもしゃあないな」

かつての同僚からは下に見られ、町人からは無視される。生まれ育った大坂の居心地は確実に悪くなる。

「赤穂にでも移るか」

まるきり大石内蔵助の世話になる気はない。ただ、誰も知る者がいない土地は、居場所たり得ない。

江戸や大坂は、幕府の城下町であり、天下のすべてが集まる。

米や金の他に人も江戸や大坂にやってくる。生国《しょうごく》では食べていけない者、なんとかして一旗揚げようという者、それらが人生を一変させる好機を求めてやってくる。

それらを江戸も大坂も拒まない。なぜなら、天下のすべては幕府の支配下にあるからだ。流れ者も、お手配者や法度破りなどという無法者は別だが、すべて幕府の民だから快く迎えはしないが、拒みはしない。

しかし、大名の城下や町は違う。大名にとっては、年貢を収めてくれる、あるいは治政に役立つ者だけが領民であり、それ以外はどうでもいい。藩境を越えただけで、子供が飢えようが、老人が倒れようが、手を差し伸べることはない。

これは幕府の決まりでもあった。

「大名どもが徒党を組んでは困る」

謀叛を怖れた幕府は、大名同士が直接交流することを禁じた。自領が豊作で、隣領が飢饉《ききん》でも、救いの手を伸ばすことを許さなかった。

「余った米があるならば、一度江戸あるいは大坂へ集め、それを献上いたせ。さすれば、それを御上の名前でお救い米となす」

幕府は善意までも奪った。

そのためか、大名領は他領の者に厳しい。とくに旅人のように一過していくものではなく、領内に留まり仕事を得ようとする者への警戒心は強い。

知り合いがいればまだいいが、浪人が居着けばすぐに密告され、司直の手が入る。流れ者は治安を悪化させるだけで藩にはなにももたらさない。

「画も描けへん、詩も詠《よ》めん……むう、こうなってみて、あらためて思うな。役立たずや」

小鹿が嘆息した。

小具足という技も捕吏《ほり》なればこそ、役に立つ。そのへんの浪人が捕縛の術を使えたところで意味はなかった。

「大坂で二十年、赤穂なら三十年は生きていけるな」

人生五十年ならば、十分に足りる。

「堺屋に頼むか」

大石内蔵助との繋がりは細い。ともに戦った仲なので、他人よりは太いだろうが、いきなり訪ねていけるほどではなかった。

「魚もうまいしな」

小鹿は余生を赤穂でと思い極めて、今日からの上司である中山出雲守の屋敷へと足を速めた。


捨てられたとわかった連中にやる気はない。

「…………」

夜が明けても、誰一人として同僚は中山出雲守の屋敷の門前に来なかった。

「はあ……」

大きく小鹿がため息を吐いた。

「禄をもらっている間くらいは、ちゃんとせんかいな。禄盗人は大坂町方衆の恥やで」

小鹿が首を左右に振った。

「これ以上阿呆面さらして、立ってられへんわ」

もう一度嘆息した小鹿が屋敷の潜り門を叩いた。

「誰ぞ」

「東町奉行所同心、山中小鹿でござる」

誰何《すいか》する門番小者に小鹿が告げた。

「うむ。しばし待たれよ」

潜り門の上にある覗きから小鹿を確かめた門番が御殿へと向かった。

「……入られよ」

門番が表門を半分開けた。

まだ正式に配下になっていない幕臣への気遣いであった。大きく開かないのは、身分の差が大きすぎたからである。

「御免」

小鹿が門番に軽く頭を下げて、なかへ入った。

「山中どのでござろうか」

門を入った奥、屋敷の玄関で幸之助が迎えた。

「さようでござるが、貴殿は」

「これは遅れました。中山出雲守が家中、佐々木《ささき》幸之助と申しまする」

「承ってござる」

小鹿が名乗りを受けたと応じた。

「どうぞ、主がお待ちいたしております」

「ご案内願いまする」

佐々木幸之助の先導に小鹿が従った。

「殿、東町奉行所のお方がお見えでございまする」

「通せ」

声をかけた佐々木幸之助に、なかから中山出雲守が応答した。

「どうぞ」

廊下で控えるつもりなのか、襖を開けた佐々木幸之助が座ったままで小鹿を促した。

「御免を蒙りまする」

護衛と庶用のためと理解した小鹿は、一礼して佐々木幸之助の前を通り、座敷の敷居際に座った。

「東町奉行所同心山中小鹿でございまする。出雲守さま付を命じられ、参上仕りましてございまする」

小鹿が両手を突いた。

「ご苦労であると言いたいところだが、一人か」

「与力二人、同心三人が後ほど参るかと」

少し怒気の入った中山出雲守の問いに、うつむいたままで小鹿は答えた。

「ほう」

中山出雲守が右の目を吊り上げた。

「まあよい。おぬしのせいではない」

「はっ」

他人のせいで怒鳴られずにすんだと、小鹿が安堵の息を漏らした。

「あらためて名乗りいたす。東町奉行増し役中山出雲守である」

「このたび、御足下に配されました同心山中小鹿でございまする」

姿勢を正した中山出雲守に、小鹿が平伏した。

これをもって小鹿は正式に中山出雲守付となった。

「そなたの経歴を語れ」

「はっ」

中山出雲守に言われた小鹿が語り出した。

「十五歳で見習同心として出務、十八歳で家督を継ぎ、廻り方同心を五年、その後唐物方を三年いたし、今は普請方をいたしております」

「途中まではよいが……余の調べた限りでは、唐物方は出世役で、普請方は隠居役あるいは左遷先じゃと」

「……仰せのとおりでございまする」

小鹿がうなだれた。

「なにをした」

不祥事を起こした者を使うのは難しい。次になにかあったときの責任は中山出雲守に来る。

「恥じ入ることではございまするが……」

少し探ればわかることであるし、新しい上司に隠しごとをして嫌われるわけにはいかない。小鹿は経緯を語った。

「……そうか」

中山出雲守が気まずそうな顔をした。

「殿……他の者どもが参ったようでございまする」

廊下から佐々木幸之助が報告をした。

「今ごろか……待たせておけ。玄関土間でじゃ」

「はっ」

指図を受けた佐々木幸之助が一礼して離れた。

「では、わたくしめも」

小鹿も席を立とうとした。

「構わぬ」

中山出雲守が小鹿を制した。

「よろしゅうございますので」

小鹿が戸惑った。

同じ左遷組とはいえ、遅れてきたなかには与力もいる。同心たちも小鹿よりは、先達であった。

「挨拶さえまともにできぬ者を寄こしたのだろう、その和田山とか申す筆頭与力は。ならば、相応の扱いをするだけである」

中山出雲守が平然と告げた。

「ですが、人手に不足いたしましょう」

大坂町奉行の役目は多岐にわたる。今回配属された人数では、形を整えることさえできない。ましてや冷遇なんぞしようものならば、やる気などなくなる。

「水を汲むのに、穴の空いた柄杓《ひしやく》を使うか」

逆に中山出雲守が問うた。

「無駄だと」

「ここは姥捨て山でいい」

平然と中山出雲守が述べた。

「…………」

小鹿が驚いた。

「増し役がいるほど、大坂は治安が悪いのか」

「浪人の問題はございまするが、さほど悪いとは思えませぬ」

廻り方の経験もある。小鹿は大坂の状況をよくわかっている。

「ならば、なぜ余が大坂へ来た」

「保田美濃守さまと同じだと」

重ねて訊かれた小鹿が思いついたことを口にした。

「立身の足がかりか」

小鹿の答えに中山出雲守が苦笑した。

長く無役であった保田美濃守は、いきなり大坂東町奉行所増し役を任じられ、三年ほどで江戸北町奉行へと転じている。

「そうであればよいのだがな」

中山出雲守が苦笑を消して、真顔になった。

「…………」

こういったとき、黙っているのが身の保全に繋がる。小鹿はまたも畳の目を数えだした。

「頭を下げてさえいれば逃げられると思っているのではなかろうな」

すぐに中山出雲守が小鹿の気が逸れたことに気付いた。

「わたくしごとき、卑賤《ひせん》の身に雲上方《うんじょうかた》のことは……」

「無駄なまねはよせ。ときの無駄遣いである」

逃げ口上を言いかけた小鹿を中山出雲守が抑えこんだ。

「少なくとも呼び出しの刻限よりも前に来た。それだけで他の連中とは違うだろう」

「それは禄をいただいておりますれば……」

下僚として当然だと小鹿は首を横に振った。

「捨てられたのだろう、そなたは」

「……」

その通りだけに、小鹿はなにも言い返せなかった。

「ゆえに余が拾った。まちがうなよ、他の者たちは拾っておらぬ。拾うつもりもない。吾が身の状況もわからず、嫌々出仕する。そのような使いものにならぬものなど不要」

「それはっ」

断言した中山出雲守に、小鹿が絶句した。

「一つだけ約束しよう」

中山出雲守が険しい気配を霧散させた。

「約束……」

小鹿が怪訝な顔をした。

町方の上役である町奉行は、配下たちを対等とは見ていなかった。なにせ与力以下は不浄職とされ、将軍家へ目通りも許されない。なれどその不浄職をとりまとめる町奉行は、旗本の出世頭であり、大きな失策さえ犯さなければ、それ以上の地位へと昇っていく。

ようは町方役人は、町奉行の踏み台であった。

踏み台に何か約束をすることなどありえなかった。

「うむ、約定いたそう。かと申して敵に知られれば、かえって付けこまれる。書きものをくれてやるわけにはいかぬ。口答での契《ちぎ》りとなるが、文句はないな」

「ございませぬ」

ここまで言われて否やを突き通せるだけの力が小鹿にはない。

「ならば、余、中山出雲守はそなたに対し、功績に準じた扱いをすることを誓おう」

「功績でございまするか。ということはしっかり働けば、町方同心としての身分を保障してくださると」

小鹿が身を乗り出した。

「それ以上になるかも知れんぞ」

「えっ」

笑顔になった中山出雲守に、小鹿が息を呑んだ。

「黙って余に従えば、きっとよい目を見せてくれる」

「何をいたせば……」

そう告げた中山出雲守に小鹿が尋ねた。

「武家を金の力から守れ」

中山出雲守が小鹿に命じた。


中山出雲守から冷たくあしらわれた阿藤左門は、東町奉行所から西北にある名刹《めいさつ》佳木山太融寺《ぼくさんたいゆうじ》へと来ていた。

太融寺は弘法大師《こうぼうだいし》空海によって開かれたとされる大坂屈指の名刹である。一度、大坂夏の陣で灰燼《かいじん》に帰したが、幕府や大坂商人の寄贈によって再建が進められ、二十以上の講堂が復活、ほとんど旧来の姿を取り戻していた。

とはいえ、まだいくつかの伽藍《がらん》、講堂が未完成であり、塀《へい》の一部には工事人足の出入りのため、臨時の通用口が作られていた。

「伊三次」

日が暮れて、職人たちも帰り、人気《ひとけ》の少なくなった境内で阿藤左門が小さく呼んだ。

八町（約九百メートル）四面という広大な寺域を誇るだけに、他人の目に付きにくいところはいくつもある。

その一つ一つを移動して、阿藤左門は息子の名を口にした。

「……親爺どのか」

数ヵ所目に反応があった。

「くれ」

伊三次が手を出して無心をした。

「続けさまは無理や。阿藤は与力ではもうないぞ」

「なら、なにしに来た。まさか、今さら親子の情を交わそうというのではなかろうな」

金は持ってきていないと告げた父に息子が悪口を叩いた。

「そなた、山中を襲ったな」

「知らんなあ」

問うた父に、伊三次はそっぽを向いてとぼけた。

「筆頭が知っていたぞ」

「ちっ、しゃべりやがったな、あいつ」

言われて伊三次が舌打ちをした。

「まさか、息子を捕まえる気やなかろうな。そんなことをしたら、下手人を出したと阿藤の家は潰されるで」

伊三次が警戒した。

「そうするつもりなら、最初から逃がしてへんわ」

阿藤左門が嘆息した。

「誰に頼まれた。まさか私怨ではあるまいな」

「和田山が訊いてこいと言うたか」

敬意など一欠片《ひとかけら》もない顔で伊三次が述べた。

「いいや。儂が知りたい」

「言えるか。口の軽い者《もん》は長生きせん」

父の求めを伊三次が拒んだ。

「…………」

「用はそれだけか。次は金を持ってきてからにしてくれ」

黙った父から伊三次が背を向けた。

「筆頭が、そなたを同心として召し出してやると」

「……なんやて」

伊三次が足を止めた。

「条件はなんや。まさか、伊那を正式に娶れというんと違うやろな」

「そんなわけなかろうが。二度とあの女には近づくな。これ以上筆頭を怒らせたらまずい」

「使い道のなくなった女に用はないわ。あれ以上の女も沢山抱《よう》いたしな」

釘を刺した阿藤左門に伊三次が嘲笑した。

「伊那のことでないなら、なんや」

伊三次が条件を問うた。

「始末せいとよ、山中を」

「……よほど腹に据えかねてるというわけか。娘のことより家名、名誉が大事か」

親として娘が大事ならば、伊三次を殺せと阿藤左門に命じる。それでなく、娘の不義密通を明らかにした小鹿を消せと求めた和田山に、伊三次があきれた。

「やれ。そうすれば儂は与力に戻り、そなたは同心とはいえ町方役人になれる」

阿藤左門が強制した。

「無頼浪人は気楽で良いが、いつまでもやってられるもんやない。明日凍え死んでも、飢え死にしても不思議やないからな。屋根と壁のある家に住め、明日の米を心配せんでええなんて、たまらんわ。山中の命なんぞいくらでも差し出してくれる」

伊三次がうなずいた。

「しくじるなよ」

そう言い残して、阿藤左門が去っていった。

「死んだ小鹿の後釜《あとがま》で同心か。己の腹はまったく痛めへん。さすがに町奉行を支配する筆頭与力になるだけのことはある」

日暮れの闇へ沈みながら、伊三次が独りごちた。

あとがき

ご無沙汰をいたしております。皆様、お代わりはございませんか。

少しお休みをいただき、一年と一ヵ月ぶりのお目見えでございます。

まずは皆様方に、御礼を申しあげたく存じます。

皆様のおかげで、完結いたしました「百万石の留守居役」が、第七回吉川英治文庫賞をちょうだいいたしました。

これもひとえに、お読みくださった読者さまのご声援のたまものです。深く、深く感謝しております。

吉川英治文庫賞は、まだ創設以来七年という若い賞ですが、シリーズが五巻以上出た文庫に与えられるものです。

直木三十五賞や吉川英治文学賞などほとんどの賞が、文庫を選考対象外としているなか最初から文庫のために作られた賞。選考方式も全国の書評家諸氏、書店員の方々などによる推薦制で、推してくださった方が多い者がもらえるというもの。

まさに文庫書下ろし作家にとって、大金星です。

その文庫賞に創設以来毎回最終候補となりながら、力及ばず落選の憂《う》き目を見てお りましたが、「百万石の留守居役」の完結というラストチャンスで手にできました。

本当に、本当に、このシリーズを読んでくださり、応援してくださった皆様のお陰 です。ありがとうございます。

さて、終わった物語のことをいつまでも話しているのも無粋《ぶすい》というもの。新しいシ リーズにつきまして、さわりをお話しさせていただきます。

ときは百花繚乱の華やかな元禄時代。

天草《あまくさ》の乱から六十年ほどたち、戦場を経験した古参の兵《つわもの》たちが消え、命の遣り取 りこそ武士の本分であることも忘れ去られようとしていた。

天下万民の上に立つとおごった武士たちは、大名から足軽まで贅沢《ぜいたく》に慣れ、収入を こえる生活を送っていた。

当然のことながら、そのようなことをしていては金が続くはずもない。ましてや幕 府はむやみやたらと大名を潰すことはしなくなったが、参勤交代、お手伝い普請、転 封と負担を強いてくる。先祖の質素を学ばなかった大名たちは、商人から金を借りることでなんとか破産だけは避けてきた。

いうまでもなく、金を借りれば利子が付く。元禄時代の利子は、今と違って年利が二十パーセント近かった。結果、商人が大きな儲《もう》けを手にすることとなった。その代表が大坂の豪商、淀屋であった。店の前に己の便宜だけのために橋を架けるだけの金を持った淀屋は、大名家に貸した金だけで四百万両を数えたという。

ちなみに一両の値打ちは元禄小判改鋳《かいちゅう》の影響もあり、慶長小判よりもかなり低くなったとはいえ、独身男なら家賃から食費、衣服、遊興の費《つい》えまで合わせてひと月暮らすのに一両いらなかった。現在なら二十万円というところか。雑な計算ながら、四百万両は今なら八千億円くらいの大金になる。

閑話休題。金を借りれば頭が上がらない。淀屋に借金した大名は、参勤の度《たび》に挨拶《あいさつ》に出向いたとされている。

武士が商人に頭を下げる。士農工商は明治新政府が江戸幕府の理不尽さを国民に知らしめ、維新は正しいと主張するために捏造《ねつぞう》したもので、現実は武士、それ以外でしかなかったとされている。

しかし、商人が武士を押さえつける。これを許せば、江戸幕府の根幹が緩む。幕府は勝手に橋を架けるという傲慢《ごうまん》さを見せた淀屋に鉄槌《てっつい》を下し、それをもって天下の商人たちへ一罰百戒とすることを決めた。

だが、容易ではなかった。その理由は、大坂城代を始め、遠国勤務をしている役人、大坂定詰めの者たちが、淀屋に金で飼われていたからであった。

そこで幕府は謹厳実直、秋霜烈日《しゅうそうれつじつ》で鳴らす目付たちのなかから中山出雲守《いずものかみ》を選出、大坂東町奉行増し役として送り出した。

淀屋を潰す目的を持った中山出雲守、それに対抗する淀屋。武家と商家、刀と金。

幕府百年の権をどちらが握るか。

まさに天下を揺るがす戦いに、大坂東町奉行所から捨てられた同心が巻きこまれる。

吹けば飛ぶような小役人、それも一度失敗をして左遷《させん》させられた同心の足掻《あが》き。

前々作「奥右筆秘帳」、前作「百万石の留守居役」とは、登場人物の性格も物語の雰囲気もまるきり違うものにいたしました。

お楽しみいただければ、作者望外の幸せです。

最後になりますが、人類はまだ新型コロナウイルスを克服できていません。このあとがきを書いているとき、感染者数も死者数も最盛期の数分の一に減って、一応の落ち着きを見せております。だからといって、安心はできません。

ワクチンは体質でしょうが辛《つら》いものです。わたくしも三度とも三日間熱を出して、寝込みました。皆様のなかにも、たまらない思いをされた方は多いかと存じます。

だからといって、現在有効な治療手段はありません。治療薬も出ては参りましたが、決め手にはなっておりません。感染したくなければ、予防しかないのです。

どうぞ、手洗い、うがい、手指の消毒、マスク着用、そしてワクチン接種を励行ください。

人類はたくさんの感染症を克服して参りました。かならず、新型コロナウイルスにも科学の叡智《えいち》は勝利します。それまで我慢をお願いします。

次のあとがきが、明るい話題で終始できることを望みます。

令和四年六月、梅雨入りのニュースを聞きながら。

上田秀人　拝

本書は文庫書下ろし作品です。

|著者|上田秀人　1959年大阪府生まれ。大阪歯科大学卒。'97年小説CLUB新人賞佳作。歴史知識に裏打ちされた骨太の作風で注目を集める。講談社文庫の「奥右筆秘帳」シリーズは、「この時代小説がすごい！」（宝島社刊）で、2009年版、2014年版と二度にわたり文庫シリーズ第一位に輝き、第3回歴史時代作家クラブ賞シリーズ賞も受賞。抜群の人気を集める。初めて外様の藩を舞台にした「百万石の留守居役」シリーズなど、文庫時代小説の各シリーズのほか歴史小説にも取り組み、『孤闘　立花宗茂』で第16回中山義秀文学賞を受賞。他の著書に『竜は動かず　奥羽越列藩同盟顛末（上下）』など。総部数は1000万部を超える。2022年第7回吉川英治文庫賞を「百万石の留守居役」シリーズで受賞した。
上田秀人公式HP「如流水の庵」http://www.ueda-hideto.jp/

戦端《せんたん》　武商繚乱記《ぶしょうりょうらんき》（一）
上田秀人《うえだひでと》

講談社文庫
定価はカバーに
表示してあります

2022年7月15日第1刷発行

KODANSHA

発行者――鈴木章一
発行所――株式会社　講談社
東京都文京区音羽2-12-21　〒112-8001
電話　出版（03）5395-3510
　　　販売（03）5395-5817
　　　業務（03）5395-3615
Printed in Japan

デザイン―菊地信義
本文データ制作―講談社デジタル製作
印刷―――凸版印刷株式会社
製本―――株式会社国宝社

ISBN978-4-06-528746-0

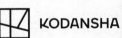

講談社文庫刊行の辞

二十一世紀の到来を目睫に望みながら、われわれはいま、人類史上かつて例を見ない巨大な転換期をむかえようとしている。

世界も、日本も、激動の予兆に対する期待とおののきを内に蔵して、未知の時代に歩み入ろうとしている。このときにあたり、創業の人野間清治の「ナショナル・エデュケイター」への志を現代に甦らせようと意図して、われわれはここに古今の文芸作品はいうまでもなく、ひろく人文・社会・自然の諸科学から東西の名著を網羅する、新しい綜合文庫の発刊を決意した。

激動の転換期はまた断絶の時代である。われわれは戦後二十五年間の出版文化のありかたへの深い反省をこめて、この断絶の時代にあえて人間的な持続を求めようとする。いたずらに浮薄な商業主義のあだ花を追い求めることなく、長期にわたって良書に生命をあたえようとつとめるところにしか、今後の出版文化の真の繁栄はあり得ないと信じるからである。

同時にわれわれはこの綜合文庫の刊行を通じて、人文・社会・自然の諸科学が、結局人間の学にほかならないことを立証しようと願っている。かつて知識とは、「汝自身を知る」ことにつきていた。現代社会の瑣末な情報の氾濫のなかから、力強い知識の源泉を掘り起し、技術文明のただなかに、生きた人間の姿を復活させること。それこそわれわれの切なる希求である。

われわれは権威に盲従せず、俗流に媚びることなく、渾然一体となって日本の「草の根」をかたちづくる若く新しい世代の人々に、心をこめてこの新しい綜合文庫をおくり届けたい。それは知識の泉であるとともに感受性のふるさとであり、もっとも有機的に組織され、社会に開かれた万人のための大学をめざしている。大方の支援と協力を衷心より切望してやまない。

一九七一年七月

野間省一

講談社文芸文庫

伊藤比呂美
とげ抜き　新巣鴨地蔵縁起
解説＝栩木伸明　年譜＝著者
いＡＣ１
978-4-06-528294-6
この苦が、あの苦が、すべて抜けていきますように。詩であり語り物であり、すべての苦労する女たちへの道しるべでもある。【萩原朔太郎賞・紫式部賞W受賞作】

藤澤清造　西村賢太 編
根津権現前より　藤澤清造随筆集
解説＝六角精児　年譜＝西村賢太
ふＮ２
978-4-06-528090-4
「歿後弟子」は、師の人生をなぞるかのようなその死の直前まで諸雑誌にあたり、編集・配列に意を用いていた。時空を超えた「魂の感応」の産物こそが本書である。

上田秀人作品◆講談社

第一巻
『波乱』
2013年11月
講談社文庫

第二巻
『思惑』
2013年12月
講談社文庫

第三巻
『新参』
2014年6月
講談社文庫

第四巻
『遺臣』
2014年12月
講談社文庫

第五巻
『密約』
2015年6月
講談社文庫

第六巻
『使者』
2015年12月
講談社文庫

第七巻
『貸借』
2016年6月
講談社文庫

第八巻
『参勤』
2016年12月
講談社文庫

第九巻
『因果』
2017年6月
講談社文庫

第十巻
『忖度』
2017年12月
講談社文庫

第十一巻
『騒動』
2018年6月
講談社文庫

第十二巻
『分断』
2018年12月
講談社文庫

第十三巻
『舌戦』
2019年6月
講談社文庫

第十四巻
『愚劣』
2019年12月
講談社文庫

第十五巻
『布石』
2020年6月
講談社文庫

第十六巻
『乱麻』
2020年12月
講談社文庫

第十七巻
『要訣』
2021年6月
講談社文庫

〈全十七巻完結〉

上田秀人作品◆講談社

奥《おく》右《ゆう》筆《ひつ》秘帳　シリーズ

「筆」の力と「剣」の力で、幕政の闇に立ち向かう圧倒的人気シリーズ！

江戸城の書類作成にかかわる奥右筆組頭《おくゆうひつくみがしら》の立花《たちばな》併右衛門《へいえもん》は、幕政の闇にふれる。帰路、命を狙われた併右衛門は隣家の次男、柊衛悟《ひいらぎえいご》を護衛役に雇う。松平定信《まつだいらさだのぶ》、将軍家斉《いえなり》の父・一橋治済《ひとつばしはるさだ》の権をめぐる争い、甲賀《こうが》、伊賀《いが》、お庭番の暗闘に、併右衛門と衛悟は巻き込まれていく。「この時代小説がすごい！」（宝島社刊）でも二度にわたり第一位を獲得したシリーズ！

第一巻『密封』2007年9月　講談社文庫

上田秀人作品◆講談社

第一巻
『密封』
2007年9月
講談社文庫

第二巻
『国禁《こっきん》』
2008年5月
講談社文庫

第三巻
『侵蝕《しんしょく》』
2008年12月
講談社文庫

第四巻
『継承』
2009年6月
講談社文庫

第五巻
『簒奪《さんだつ》』
2009年12月
講談社文庫

第六巻
『秘闘』
2010年6月
講談社文庫

第七巻
『隠密』
2010年12月
講談社文庫

第八巻
『刃傷』
2011年6月
講談社文庫

第九巻
『召抱《めしかかえ》』
2011年12月
講談社文庫

第十巻
『墨痕《ぼっこん》』
2012年6月
講談社文庫

第十一巻
『天下』
2012年12月
講談社文庫

第十二巻
『決戦』
2013年6月
講談社文庫

〈全十二巻完結〉

前夜 奥右筆外伝

併右衛門、衛悟、瑞紀《みずき》をはじめ
宿敵となる冥府防人《めいふさきもり》らそれぞれの
「前夜」を描く上田作品初の外伝！

2016年4月
講談社文庫